KB206532

해마

해
마

나 혜 원 소 설 집

사유와공감

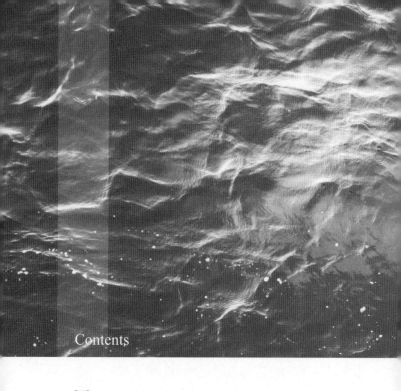

Contents

목
차

"지워지지 않아서
부술 수밖에 없었다."

Episode

───────── 변호할 권리

2001년 9월 14일, K시 대덕구 구치소.

에어컨이 작동되지 않는 변호인 접견실 안은 후끈한 열기로 가득해서 그렇지 않아도 늦어서 뛰어온 내 이마에는 땀방울이 송골송골 맺혔다. 방음이 된다고는 하지만 허술해 보이는 투명한 가림막으로 둘러싸인 좁은 공간. 그리고 가운데 놓인 협소한 책상 너머에 앉아 있는 검붉은 얼굴의 여성. 바로 피의자 이영주 양이었다. 요즘 연일 뉴스와 신문에서 떠들어대는 '문흥동 모친 살해녀'라는 타이틀의 주인공이다.

"많이 기다리셨죠? 사건 변호를 맡은 신수영입니다. 접견 신청서를 쓰는 데 시간이 지체되었어요. 기다리게 해서 죄송합니다."

다행히 이영주 양은 언짢은 기색이라고는 전혀 없었다. 오히려 입이 찢어지라고 웃으며 나를 바라보는 모습이 어쩐지 기괴해 보였달까. 그녀는 좁은 내실에서 조금이라도 더 트인 곳으로 나온 지금이 기쁜 눈치였다.

"전혀요. 신경 쓰지 마세요."

매체에서는 피의자의 인권을 지켜야 한답시고 보도하지 않았던 그녀의 얼굴을 마주 보는 것은 사실 나도 오늘이 처음이었다. 그녀는 내 쪽으로 자기가 앉아 있는 의자를 바짝 당겨 붙였다. 가까이에서 바라보는 살인자의 얼굴은 처음이어선지 등에 식은땀이 흘렀다.

요철로 가득한 시뻘건 피부, 까맣고 짙은 눈썹, 날카로운 삼백안….

"뭐부터 이야기하면 돼요? 이제부터 말하면 되는 거죠? 나, 빨리 시작하고 싶은데."

이영주 양은 입술을 자꾸만 달싹이며 지금 당장 무엇인가를 터뜨리고 말겠다는 의지로 가득 차 있었다. 잔뜩 흥분한 모습. 대체 뭘 말하고 싶은 걸까. 나는 그녀를 향해 고개를 끄덕였다.

"내가 엄마를 죽였어요."

이렇게만 이야기한다면, 당신도 속으로는 기함하며 내게 사형을 구형할 테지요. '천하에 몹쓸 년!'이라는 욕지거리를 내뱉으면서 말이에요. 하지만 만약에—

"내가, 나를 죽여버리겠다고 고함치던 엄마를 죽였어요."

이렇게 말한다면 어떤가요? 아직도 감정에 변화가 없

나요?

그럼, 이번에는 조금 더 자세히 이야기해 볼게요.

"내게 칼을 들이밀면서 죽여버리겠다고 협박하던 엄마를 내가 먼저 죽였어요. 나도 살고 싶었으니까요."

이렇게 말이에요.

이제는 당신도 생각이 조금 달라지지 않았을까요? 제아무리 끔찍한 직계 존속 살인이라 할지라도 말이에요. 세상엔 가족끼리도 사랑이 아닌, 고통만을 주고받는 경우가 너무 많거든요. 혹자는 신이 제발 가족 중 누군가의 목숨을 하루라도 빨리 거두어 가기만을 기도하기도 하지요.

어떻게 그런 벌 받을 생각을 할 수 있냐고요? 맞아요, 그래서 내가 지금 벌을 받고 있잖아요. 사람은 누구나 경험한 범위만큼만 이해할 수 있는 법이에요. 그것이 직접 경험이든, 간접 경험이든 말이에요.

K시로 이사 온 이후로도 종종 연락하고 지내던 친구가 딱 한 명 있었어요. 중학교를 그만두기 전, 내게 말을 걸어주던 유일한 아이였어요. 1학년 때 같은 반이었고 무려 3번이나 짝이기도 했거든요. 그 애에게 엄마에 대한 비밀을 문자로 털어놓은 적이 있어요. 사실 우리 엄마는 정신분

열병 환자야. 정말이지 난 너무 힘들어, 라고 말이에요. 그
때 내가 바랐던 건, 다름 아닌 나를 향한 위로였어요. 내 친
구 지금 힘들구나. 네가 괴로울 때면 언제든 전화를 걸어
올기라도 해. 바로 이런 대답 말이에요.

하지만 그 애는 기대와는 전혀 다른 반응을 보이더군요.
어머, 너희 어머니 진짜 걱정된다! 그런 분들은 자살 위험
도 높다는데 잘 돌봐드려.

난 그 뒤로 그 아이와 연락을 끊었어요. 가끔 오는 문자
나 전화를 두어 번 무시했더니 바로 끝. 참 쉽죠? 그 애는
항상 부족함이 없어 보였거든요, 내 기준에서. 처음부터 나
와는 지구와 명왕성을 견주는 것만큼이나 다른 삶이었달
까. 우리가 서로의 부모님을 두고 품는 감정을 이해하기란
애초에 불가능한 일이었지 뭐예요.

그래서 말인데요. 만약 당신이 지금부터 털어놓는 내 이
야기에 공감하지 못한다면, 당신은 분명 나보다 행복한 사
람이란 거예요. 적어도 나는 그렇게 생각해요. 기쁘지 않아
요? 이 황량한 세상에 누구라도 당신보다 불행한 사람이
있다는 사실이. 우리는 어차피 타인과 불행의 크기를 견주
며 낄낄거리는 악한 존재들이니까.

사건이 벌어졌을 당시, 내가 엄마와 살던 지역은 K시 대덕구 문흥동이었어요. 그때만 해도 지금 고층 아파트가 들어선 자리에는 뾰족한 첨탑이 하늘을 찌를 듯 높이 솟은 성당 앞으로 고가도로가 지나갔고, 그 옆에는 세월의 흐름에 떠밀려 나이 먹은 주택들이 조밀하게 모여 있었죠. 그 복닥복닥한 골목에서 칠이 다 벗겨진 파란 대문이 덜렁거리는 주택 2층에 나와 엄마는 세 들어 살았어요. 얼핏 보면 까맣게 보일 정도로 짙은 고동색 나무 벽체에 짝이 안 맞아서 삐걱대는 바닥이 빛이 바래 가는 낡은 집이었죠.

　나는 열아홉 먹은 중학교 자퇴생, 엄마는 나보다 꼭 스물네 살이 더 많아요. 문흥동에서 엄마와 함께 살았던 기간은 내 인생에서 삼 년도 채 되지 않고요. 날로 헤아려 봐도 천구십오 일도 못 되던데… 고작 그만큼의 세월이 엄마를, 그리고 나를 죽여버린 거예요. 사람이 다른 누군가에게 살의를 품고 실행하는 데 걸리는 시간이 이 정도란 말씀. 설령 그 누군가가 피붙이라 할지라도.

　엄마를 죽이는 방법은 하나도 어렵지 않았어요. 그냥 칼을 손가방에서 꺼낸 다음, 찌르면 되었거든요. 엄마는 늘 손바닥 크기만 한 가방에 일반적인 과도보다 조금 더 작은 칼을 하나 넣고 다녔어요. 손가방의 오른쪽 아랫부분이 날카로운 칼끝에 찢겨 너덜거리는데 신경도 쓰지 않고요. 엄마는 그 뾰족한 물건이 자기를 지켜줄 거라고 믿는 눈치더라고요. 오히려 가끔 가방 끝에서 튀어나온 끄트머리에 살짝 찔리거나 긁히기도 하면서 말이에요.

일을 치르기 석 달 전쯤이었나, 엄마가 아침 여섯 시도 안 된 시각에 집을 나갔다가 뒤통수에서 피를 철철 흘리며 돌아온 날이 있었어요. 깜짝 놀라서 대체 어디서 이렇게 다쳤느냐고 자초지종을 묻자, 늘 자기를 미행하던 남자가 대문 바로 앞에서 몽둥이로 머리를 내리쳤다고 말하더군요. 겨우 스무 살짜리 젊은 애여서 신고하려니 인생이 불쌍해서 그냥 보내줬다나요. 한숨이 나올 노릇이었죠. 정작 늘 가지고 다니는 칼은 쓸모도 없었다는 소리였고요.

그런데 참 엉뚱하게도 그 칼이 겨누는 대상은 스토커가 아니라 오히려 내 목이었어요. 그 남자란 놈이 진짜 계속 뒤를 쫓는다면 신고하는 게 마땅하지 않냐는 내 반박에 느닷없이 칼을 겨누더라고요.

"쓸데없는 소리 자꾸 하면 너도 모가지 따 버리는 수가 있어!"

사실 그때만이 아니었어요. 칼을 들이밀 때마다 그놈의 모가지 타령은 엄마가 항상 하던 말이었는데요. 쓸데없는 소리라…. 그건 아마 '제발 정신 좀 차려'라던가 '그거 전부 현실 아니야'처럼 뭐, 제가 늘 입버릇처럼 달고 살던 이야기들 아니었을까요? 딸이라면 마땅히 할 수밖에 없었던. 지금 와서 잘잘못을 따져봤자 다 소용없는 일이지만요.

그거 알고 있나요? 나는 뉴스에 나오는 유명한 살인자들이라면 전부 남다른 유전자를 타고났을 거로 생각했어요. 글을 잘 쓰는 사람, 달리기를 잘하는 사람, 라면을 기깔나게 잘 끓이는 사람이 있는 것처럼 사람을 죽이는 데에도 특화된 유전자가 있지 않을까… 하는, 그런 생각.

타인에게 애정이나 연민 같은 불필요한 감정 소모 없이 사냥감을 발견하면 단번에 낚는다. 그런 다음, 최적의 방법으로 사냥한다. 뒷정리는 깔끔히, 이것이야말로 살인자가 갖추어야 하는 미덕이고 재능이 아닐까요?

하지만 아니었어요. 어떻게 알았냐고요? 바로 나를 통해서요. 친엄마를 잔혹하게 칼로 찔러 죽였다고 온갖 뉴스 1면을 장식한 나지만 늘 생각했던 저 요건들을 하나도 충족하지 못했으니, 원. 이렇게 유전적으로 타고나지 못한 이도 살인자로서 유명해진 걸 보면 세상살이란 참 알 수 없는 것 같아요.

찌르는 건 쉬웠지만, 찌르기 전 고뇌의 시간은 길었으

니까.

 태어날 적부터 쭉 같이 지냈던 건 아니었어요. 그래요, 엄마는 점잖게 말하면 '정신분열병 환자', 속되게 말하면 '미친년'이었으니까요.

 내 아빠가 초등학교 선생이었다는 사실은 당연히 알고 있겠죠? 이제는 기억도 잘 나지 않아요. 키가 제법 크고, 갸름한 얼굴이었다, 마른 체형이었다… 그 외에는 뿌연 안개가 머릿속을 가득 채우고 있는지 아무것도 떠오르지 않아요. 사람들 말로는 내가 슬프게도 엄마 얼굴을 닮았다고 했으니, 아빠를 그릴 수 있는 단서는 세상 어디에도 남아있지 않은 셈이에요. 모조리 지워버렸으니까.

 나는요. 아빠가 죽기 전까지 아빠를 증오했어요. 하루라도 빨리 아빠가 죽으라고 밤마다 기도했던 딸이 바로 나예요.

 다섯 살이었다고 해요. 그때 엄마와 아빠가 이혼했다고요. 케케묵은 갈등의 시간은 아마 더욱 길었겠죠. 떠난 사람은 엄마였어요. 자라면서 다른 건 다 잊었지만, 거실 한복판에 쌓인 엄마의 짐 위에서 뛰어노는 내 등짝을 때리며 철없다고 한바탕 소리를 지르던 엄마가 현관을 나서면서

'어른이 되면 다시 만나자'라고 마지막 인사를 건네던 기억은 아직도 뚜렷해요.

한 사람의 자취가 흔적도 없이 사라진 집 안에서 아빠는 날마다 술을 퍼마시며 나를 붙잡고 신세 한탄을 했어요. 글쎄, 아빠가 네 외숙모와 바람을 피운다고 망상에 빠져 온 동네에 소문을 내고 이혼하고 나간 게 네 엄마란 년이다… 덕분에 네 아빠는 직장 다니기 남 부끄러워 선생질도 그만두었다… 우리 집안이 풍비박산 난 게 전부 네 엄마의 의부증 때문이란 말이다… 그러니 너는 절대로 엄마란 미친 년을 만나면 안 되는 거다…. 하도 술을 퍼마시며 꼬부라진 혀로 저딴 소리를 해대니 당최 누가 미친 사람인지 구별할 수 있을 리가요. 그러니 미친 건 엄마가 아니라, 도리어 자기가 미쳐서 엄마를 내쫓아 놓고 엄한 소리로 사람을 잡네, 이리 생각할 수밖에 없었죠. 하긴, 어쩌면 미친 남녀가 만나서 만든 미쳐버린 소굴에서 미친 듯이 싸움질만 하다가 이혼했을지도.

그래서였을까요. 내 성장 일기에 색깔이란 없었어요. 백지에 연필로 까만 선만 죽죽 그은 그림들이 허우적대는 활동사진이었을 뿐. 나는 그렇게 자랐어요.

인생에서 가장 비참했던 순간을 꼽자면 5학년 가을이었어요. 나이는 열두 살이었지만 난 머리를 잘 감지 않았어요. 아니, 못 감았다고 해야 하나. 하… 잘 모르겠어요. 아무튼 며칠이고 머리를 감지 않은 상태가 반복되자 머리에 하얀 비듬 같은 게 생겼는데 담임 선생님이 그걸 보더니 심각한 표정으로 '서까래'라는 거예요. 이게 생기면 머리를 자르든 어쩌든 빨리 조치해야 한다고요. 당시 내 머리가 아마 허리까지 닿았을걸요.

학교에서 걸려 온 전화를 받은 아빠가 그날 저녁 나한테 어떤 짓을 저질렀는지 아세요? 글쎄, 어김없이 술 냄새 풀풀 풍기며 달려와선 머리카락을 우악스럽게 움켜쥐고 가위로 싹둑 잘라버렸어요. 그리고 남은 머리는 바리캉도 아니고 전기면도기를 가져와 쥐 파먹은 머리로 만들어 버렸죠. 미용실도 아닌 집구석에 바리캉 따위가 있을 리가요.

그 때문에 나는 한동안 모자를 쓰고 다녀야 했어요. 머리는 감지 않아도 더 이상 티가 안 났지만, 친구들은 주위에 얼씬도 하지 않았고요. 내가 아빠가 죽었으면, 빨리 죽어버렸으면… 기도했던 때가 바로 그날 이후부터였을 거예요. 그 절절한 소원이 열여섯 살 겨울에야 이루어지는 바람에 기다리기 너무 힘들었지만.

남자 친구는 없었냐고요? 사귀었어요, 딱 한 번. 중학교 2학년 때 '천리안'이라는 PC 통신 서비스가 굉장히 인기가 있었거든요. 요즘은 아무도 안 해요. 그때 채팅으로 사귄 남자 친구였죠.

아빠가 코를 골기 시작하면 나는 컴퓨터 본체와 모니터에 이불을 뒤집어씌웠어요. 통신 서비스에 접속하는 소리 때문에 혹시라도 잠이 깰까 봐 걱정됐거든요. 다행히 한 번 곯아떨어지면 쉽게 눈을 뜨지 않는 사람이라 밤새도록 남친과 채팅할 수 있었죠. 주로 썩어빠진 집안 꼴 때문에 나까지도 미쳐 가는 중이라는 이야기였어요.

나를 봐요. 날씬하지도 않고, 예쁘지도 않다고 생각하는 거 알고 있어요. 그래서인지 학교에서는 아무도 내게 고백하는 남자애들이 없었거든요. 딱히 속마음을 털어놓을 사람도 없던 나한테… 그런데… 이 오빠는 너무 나랑 잘 맞는 거예요. 나이는 두 살이 더 많았고. 나는 A시, 오빠는 바로 옆 B시에 살았고. 우리는 세 시간쯤 대화하고, 바로 사귀기로 했어요. 그리고 이틀 뒤에 만나기로 했고요.

그날은 정말 많이 노력했어요. 처음으로 모은 돈을 털어서 화장품도 사고…. 정말 예뻐 보이고 싶었거든요. 그래서였을까요. B시 중마동에서 오빠를 만났고, 오빠가 안내한

낯선 건물 옥상에 갔어요. 사방이 옆 건물의 벽으로 둘러싸인 그곳에서 우린 키스했죠. 내겐 첫 키스였는데요. 너무 서툴러서였을까요? 오빠는 조금 답답했나 봐요.

"혀 좀 넣어 봐."

그런데 그게 마음처럼 되지 않았어요. 사실 조금 징그러운 느낌도 들었고요. 그래서 싫다고 밀어내고 그대로 말없이 앉아만 있다가 헤어졌는데… 그 뒤로 연락이 끊겼어요. 뭔가 사정이 있겠지 싶다가도, 그날 내가 실수한 게 있지 않았나 싶어 생각하면 눈물도 나고 그래요. 이럴 줄 알았으면 진짜 이름이 뭐였는지라도 물어볼걸. 명절이면 아주 가끔 만나는 고모란 여자가 나만 보면 제 엄마처럼 남자 잡아먹을 팔자라고 욕을 해대는데, 정말 그런가 싶기도 하고요.

그런데 오빠랑 헤어지고부터 얼굴에 안 나던 여드름이 보이더라고요. 아주 크고 단단한, 짜지지도 않는 붉은 여드름이. 처음에는 이마에 한두 개 나기 시작하더니 점점 뺨으로, 턱으로 번지기 시작하고. 그러고는 얼굴 전체를 뒤덮어 버린 거 있죠. 멀리서 보면 그냥 나는 빨갛고 큰 여드름 덩어리 자체여서 어쩌면 안면 화상 환자 같았을지도 몰라요.

사람들이 하도 얼굴만 보면 깜짝깜짝 놀라는 통에 고개를 들 수가 없어서 자연히 집 밖에 나가는 걸 꺼리게 되고, 학교도 나가지 않게 되었어요.

아빠야 종일 술만 퍼마시는데 내 얼굴이 어떻든 관심이 있을 턱이 있나요. 심지어 그때 간암 말기 진단까지 받은걸요. 그래서 나는 결국 중학교를 졸업하지 못했어요. 별수 없었죠. 출석 일수가 모자란다는데. 아빠는 저세상으로 가버렸고요. 우리 부녀에게는 평소와 다름없는 이별이었어요. 아빠가 죽던 그날까지도 서로에게 아무런 관심 없이 자기 고통에 대해서만 중얼대다가 끝난 하루였으니까요. 물론 장례를 치를 때도 슬프지 않았어요. 난 그저 매일 같이 얼굴에 돋은 여드름만 걱정했다니까요.

그래서 열일곱 살, 봄부터 엄마와 살게 된 거예요. 아빠가 죽어서. 동사무소 사회복지사란 여자가 엄마에게 연락한 모양이더군요. 처음에는 얼마나 반가웠는지 몰라요. 사실 늘 보고 싶었거든요. 인형 놀이만 해도 항상 엄마와 아빠는 있는 법이잖아요. 그런데 나는 그동안 없었어요, 엄마가. 그런데 갑자기 엄마가 다시 나타난 게 얼마나 좋았는지…. 그땐 이런 날이 올 거라고 상상조차 못 했어요. 정말이에요.

푸르딩딩한 유리병이 어디서나 보이던 술 냄새 찌든 방에서 방 두 칸 주택으로 이사 가는 현실이 얼마나 기쁘던지요. 살림살이는 관심도 없던 남자의 손아귀 아래 있던 얼룩진 지옥에서 부지런히 쓸고 닦아서 윤기 나는 집에서 살 수 있다는 게 꿈만 같았어요. 그래서 아빠가 죽었다는 사실은 까맣게 잊고 말았죠.

나는 그때 이제는 행복할 수 있을 거라 착각했었나 봐요. 바보 같은 년…. 나한테 그런 야무진 꿈이 가당키나 하냐고! 혹시 '꽃별천지'라는 이름 좀 들어봤어요? 이름의 획을 하나씩 쓸 때마다 '꽃 나라, 별나라, 천국, 지옥'을 번갈아 말하면서 장차 어디로 가게 될지 미래를 점치는 건데, 내 이름의 마지막은 지옥을 가리켰거든요. 그래요, 지옥. 내가 이 망할 수렁에 빠져 허우적댈 거라는 사실을 누군가는 내가 세상에 태어나는 순간부터 알고 비웃었던 거예요. 어디한 번 마음껏 몸부림쳐 봐. 하지만 빠져나올 순 없을걸. 넌 이미 이름부터가 저주받은 운명을 나타내지 않니, 하면서 말이에요.

그래도 엄마와 살면서 좋았던 점이 하나 있어요. 엄마는 내 여드름투성이 얼굴을 혐오하지 않았다는 것. 아빠는 가끔 내 얼굴을 빤히 보며 계집애 꼴이 왜 그러냐면서 세수라도 잘하라고 타박할 때가 있었거든요. 그럴 때면 진짜 아빠고 뭐고 뺨이라도 올려붙이고 싶을 때가 한두 번이 아니었어요. 하지만 엄마는 그래도 엄마더라고요. 어쩌다 곱던 우리 아기 피부가 이렇게 됐을까, 걱정도 해주고. 가끔 날 보고 글썽이면서 마데카솔을 발라주기도 하고. 물론 낫지는 않았지만.

엄마가 미쳤다는 사실은 단박에 알 수 있었어요. 엄마는 온종일 혼자서 중얼거렸으니까. 크지도 작지도 않은 목소리로 스스스스스스스… 그런 소리를 듣고 있으면 어떤 느낌이 드는지 이해할 수 있겠어요? 처음에는 누구와 이야기를 하나 생각했어요. 그런데 아니더라고요. 분명히 혼자서 소곤대다가, 웃다가, 고함치다가, 울다가, 윽박지르다가… 맥락을 알 수 없는 이야기를 계속 지껄이는 거예요. 어떨 때는 이 여자가 귀신에 씌었나 싶기도 하고, 아무튼 정말 무서웠어요. 내가 흉내 내어 볼까요?

"아니, 그래. 진짜… 그래, 진짜… 흐흐흐, 네가 그래? 감히! 이 새끼, 진짜! 하하하!"

무슨 뜻인지 모르겠죠? 그렇죠? 이런 식이라니까요.

물어보기도 했죠. 방금 한 이야기, 그거 대체 뭐냐고. 그런데 자기는 아무 말도 하지 않았다는 거예요. 오히려 나한테 뭔 소리를 하는 거냐고 되묻는데, 미치고 펄쩍 뛰겠더라고요. 그것뿐이면 다행이죠. 가끔은, 하….

"야, 너도 저 소리 들리지?"

"뭔 소리?! 안 들려."

"씨발년. 안 들린다고? 저 소리가 진짜 안 들려? 너도 저것들하고 한패구나!"

들린다는 건지 안 들린다는 건지, 말했다는 건지 안 했다는 건지. 분명 뭔가 잘못되었다는 건 알면서도 구할 방법은 알 수 없는 날들. 그래요, 나는 어린애가 맞았어요. 인정할게요. 어떻게 해야 하는지 몰랐어요. 지금도 모르고요. 앞으로도 모를 거예요. 그리고 나는 혼자고요.

나는 항상 많은 것들을 잃어버리는 데 익숙했어요. 엄마도, 아빠도, 케이크도, 미미 인형도, 츄파춥스도, 컴퓨터도, 휴대폰도…. 그중에서 가장 상실감이 컸던 게 뭔지 알아요? 바로 전기였어요. 아빠도 내게서 전기를 빼앗지는 않았어요. 그게, 나라에서 수도나 전기는 지원이 됐던 것 같아요. 정확히는 모르지만. 그런데 엄마는 달랐어요. 그걸 빼앗았다고요.

하루는 분명히 전등 스위치를 누르는데도 불이 들어오

지 않는 거예요. 처음에는 형광등이 나간 줄로만 알았어요. 그런데 내 방뿐만이 아니었어요. 화장실도, 거실도, 부엌도 불이 켜지지 않았어요. 이게 대체 무슨 일인지 어리둥절한 내 앞에 갑자기 엄마가 씨익 웃으며 나타나는 거 아니겠어요? 한 손에 초를 들고요. 흔들리는 불꽃 너머로 흰 레이스 잠옷의 엄마가 보이는데 정말 귀신인 줄 알았다니까요. 그렇게 기이한 모습으로 나타날 줄이야…. 그래요, 집 안은 전기가 완전히 끊긴 상태였어요. 당연히 요금을 내지 않아서는 아니었고요.

"전파를 이용해서 그 인간들이 계속 우리 집을 감시하고 있었어. 그래서 이번엔 내가 전기를 먼저 끊어버렸지. 후후후!"

"무슨 소리야, 진짜! 감시는 무슨 감시야, 정신 좀 차려! 제발!"

그때 정말 많이 맞았던 기억이 나요. 처음에는 뺨으로 시작해서, 나중에는 머리채를 뜯기고, 그다음에는 뭐, 발로 밟히고…. 그리고 며칠 후에는 냉장고에서 썩은 음식물과 거기에 생긴 구더기를 맨손으로 치워야 했어요. 목구멍으로 넘어오는 역함을 참으면서요.

그랬어요. 미친년이랑 사는 삶이란 그랬어요. 나에겐 그런 일들의 연속이었다고요.

　왜 도움을 요청하지 않았냐고요? 도움, 도움이라…. 우
리 집 1층에는 주인집 할머니가 사세요. 나를 경찰에 신고
한 바로 그분 말이에요. 매일 같이 아침, 점심, 저녁 온 동
네를 돌아다니면서 악다구니를 쓰는 엄마를 누구보다 가
까이에서 지켜봤을 타인. 그 할머니는 늘 나만 보면 이렇게
말하곤 했어요.

　"네 엄마가 많이 외로운 사람인가 보다. 잘 보살펴 드
려라."

　나는 그 소리만 들으면 등허리에 소름이 돋았지만, 아닌
척하고 고개를 끄덕였어요. 정작 나에게 엄마 같은 사람을
보살피는 방법은 알려주지 않으면서 말이죠.

　그래서 만능이라는 인터넷에 검색했어요. 미친 사람 보
살피는 방법. 정신과에 가라더군요. 그래서 갔어요. 엄마는
곧 죽어도 병원 같은 데는 안 갈 게 분명하니 내가 갔죠, 병
원. 원래 진짜 미친 사람은 정신과에 안 간다더군요. 그래
서 엄마 때문에 말라 죽을 지경인 내가 갔어요. 얼굴은 온
통 여드름으로 시뻘게서 사실 피부과가 더 급한 처지였지
만 말이에요.

"환자를 직접 보지 않아 속단할 순 없지만 정신분열병 증상으로 보입니다. 어머니에겐 지금 입원을 통한 약물 치료가 시급합니다."

의사는 놀라지도 않더군요. 그래서 정신분열병이 정신과에서는 감기 취급이나 받는다는 사실만 알 수 있었죠. 의사는 내게 희망도 절망도 주지 않을 셈인지 아주 건조한 말투로 말하더군요. 성인인 보호자 2명의 동의가 있으면 입원이 가능하다고. 그러나 도와줄 사람은 아무도 없었다고요. 설령 있다고 해도, 엄마가 제 발로 정신병원에 찾아올 리 있나요? 그리고 제일 중요한… 돈은요?

데스크 직원이 진료실에서 나오는 내게 다음 예약 날짜를 언제로 잡을 거냐고 묻는데 참, 지나치게 다정하더라고요. 그래서인지 눈물이 나서 병원 밖으로 도망쳤는데 날은 또 왜 이렇게 맑던지요. 거리에는 미친 사람이라곤 하나도 없이 모두 다 정상. 인터넷엔 미친 연놈들이 그리도 많던데 다들 어디에 숨어 사는 걸까요?

그날 오후 사실 동사무소에도 들렀더랬죠. 엄마 병원비 지원 관련해서 상담을 요청한다고 했더니 업무 담당자가 자리를 비웠다고 하시더라고요. 그래서 그냥 나와버렸어요. 뒤에서 뭐라고 부르기는 했는데 왠지 내 얼굴을 보고 놀란 표정이 역력한 그 사람들 앞에 도저히 서 있을 수가 없었어요. 그렇게 끝난 거죠, 뭐.

집으로 돌아가는 골목에서는 괜히 과일 파는 리어카 옆에서 아저씨와 엄마가 싸우는 장면만 보고요. 엄마가 또 그 앞에 서서 뭐라고 지랄했을 게 분명했어요. 아저씨가 그 꼴을 보고 미친년이라며 손사래를 쳤을 거고요. 엄마가 소리소리를 지르고 있더라고요.

"뭐?! 지금 미친년이라고 했어요, 아저씨!"

그런데 제대로 된 말싸움이 될 리 있나요. 엄마가 아저씨에게 따지다가 혼잣말하다가 또 웃다가를 반복하는 거예요. 아저씨는 결국 리어카를 끌고 도망쳤어요.

그러다가 딱 십 일 전 말이에요. 뉴스에 보도된 그대로 저녁 일곱 시 십칠 분 무렵, 엄마가 그 짓을 벌인 거죠, 차마 입에 담기도 싫은 그 짓거리를. 그때가 해가 완전히 지기 전이라서 나는 조금이라도 남아있는 불그스름한 빛이 비치는 세상을 보고 싶었어요. 그래서 내 방 창 아래에 그냥 누워 있었죠. 창문 너머에 아무것도 가리는 게 없거든요. 그래서 빛이 아주 잘 들어요.

그런데 평소와는 다르게 바깥이 정말 참을 수 없을 정도로 시끄럽더라고요. 물론 엄마가 중얼대다가 소리 지르는 거야 하루이틀도 아니긴 해요. 가끔 그 소리가 거슬리는지 고함치는 동네 사람들도 있고요. 그런데 그날은 좀 다르더라고요. 들려오는 엄마의 목소리도 묘했고, 무엇보다… 거기에 대꾸하는 사람들이 있는 것 같더라고요. 그래요, 사람들! 그것도 아주 많은 사람들! 그 수많은 목소리가 뒤엉켜서 내가 누워있는 방바닥을 지진이라도 난 것처럼 흔들어대는데, 어떻게 가만히 있겠어요? 그래서 나갔죠, 밖으로 나간 거죠.

아까 내가 주택 2층에 산다고 말했었잖아요? 나가보니 우리 엄마가 2층 난간에 기대서 골목을 내려다보고 있었어요. 그런데 다 벗고 있었죠. 실오라기 하나도 걸치지 않은 맨몸으로. 내가 눈이 뒤집히지 않겠냐고요. 당신 엄마가 다 벗고 사람들 앞에 서 있다고 생각해 봐요! 사람들은 그 모습을 신이 나서 손가락질하며 구경하고 말이에요.

더 가관인 건 엄마가, 아니, 그 미친년이 자위를 하고 있었어요. 뭐에 흥분했는지 모르겠지만 진짜 돌아버린 거죠.

사실 그 밑에 모여있던 인간들이 어떤 표정으로 엄마를 쳐다봤고, 어떤 소리를 엄마에게 해댔는지는 기억도 안 나요. 내 머리도 순간 확 돌아버렸거든요. 그냥 아무것도 눈에 보이질 않아서 엄마를 그대로 끌고 집에 들어와서 문을 잠가 버렸어요.

정신병자, 정말 힘이 세더라고요. 왜 그러는지 자꾸 밖으로 다시 뛰쳐나가려는 걸 둘이 치고받고 그렇게 막았어요. 나중엔 엄마도 힘이 다 빠졌는지 현관 앞에 벌렁 드러누워 까뒤집힌 눈으로 깔깔대며 웃는데 얼굴이 피투성이였어요. 코피가 터진 거죠. 물론 내 손도 피투성이였고. 내 얼굴도 피가 막 묻어있었는데, 어디에서 난 피인지, 엄마 피가 묻은 건지는 잘 모르겠어요. 어차피 뭐 그날은 이래저래 피범벅이었으니까요.

이래도 일상이라고 받아들여야 옳았던 걸까요? 당신도 그래야 했다고 생각하나요? 인간이라면 모두가 이 정도의 무게는 짊어지고 살아가는 건가요? 그저 내가 어른이 되지 않아서 모를 뿐인가요? 나는 정말 살인마인가요? 낳아준 엄마조차도 잔혹하게 살해한, 천벌 받을 년이 맞냐고 지금 묻는 거예요.

엄마와 난투극을 벌이고 나서 숨을 돌리려고 현관에 주저앉을 때 누군가 밖에서 소리치더군요.

"에그, 저 미친년!"

눈물도 나오지 않았어요. 너무 많이 들은 말이었거든요. 그런데 머릿속에서 이 생각이 들더라고요. 저 미친년이란 말은 과연 누구를 두고 하는 소리일까? 엄마? 아니면 나? 그것도 아니면 둘 다?

나는요. 차라리 정신병원에 가는 게 낫다고 생각한 적도 있어요. 그곳에서는 적어도 '미친년'이라고 막 부르지 않더라고요. 전에 갔던 정신과 대기실에서 보니 '환자분' 혹은 '보호자님'이라고 깍듯이 존대하던데 나는 그게 지금, 이 집구석에서 사는 삶보다 훨씬 우아해 보였어요. 나는 그냥 조금 인간답게 살고 싶었을 뿐이에요.

그래서 바닥에 나뒹굴던 손가방에서 칼을 꺼냈어요. 그리고 벌러덩 누워있는 엄마의 배를 찔렀고요. 찌르고, 빼고, 찌르고, 빼고…. 조금 더 큰 칼이었으면 좋았을 거예요. 그랬다면 그렇게 여러 번 찌르지 않아도 되었을 텐데요. 엄마가 너무 맥없이 누워만 있어서 의외이긴 했지만, 그래도 사람이 쉽게 숨이 끊어지는 건 아니었거든요.

피가 얼굴에 튀었는데 뜨뜻미지근했어요. 그래서였을까, 기분이 아주 좆같으면서도, 또 좋더라고요. 아주 오랫동안 품은 숙변이 항문을 찢으며 배출됐을 때의 느낌이라고 해야 할까. 마침 내가 변비도 있거든요.

그런데 내가 정말 놀라운 사실 하나 알려줄까요? 이미 눈치챘는지도 모르겠지만. 모든 일을 다 마치고 욕실에 가서 세면대에서 손을 씻고, 세수를 하고, 거울을 딱 봤는데, 이럴 수가! 그동안 뭔 짓을 해도 없어지지 않던 시뻘건 여드름들이 다 사라진 거 있죠? 진짜 한순간에 모조리. 내 피부 좀 가까이에서 봐요. 정말 감쪽같지 않아요? 이 얼굴이 온통 여드름으로 가득했었다는 과거를 믿을 수 있겠어요? 진짜, 진짜 놀랍지 않아요? 히히, 히히히…. 나는 그래서 요즘 기분이 너무 좋아요. 아니, 이목구비 다 필요 없어. 여자는 피부미인이 진짜 미인이거든. 안 그래요?

이 모든 이야기를 홀로 신나게 떠들고도 이영주 양은 아직도 하고 싶은 말이 남았는지 콧노래를 흥얼거리며 "궁금한 건 더 없어요?"라고 연신 내게 물었다. 그러면서 자꾸만 사건과 관계도 없는 "내 피부 어때요?"라는 질문을 던지고 또 던졌다.

나는 뭐라고 대답해야 할지 막막했다. 그도 그럴 수밖에. 그녀의 피부는 빨갛고 커다란 여드름들이 빼곡히 점령하고 있어서 사실 가까이에서 들여다보기 민망할 정도로 치료가 심각한 상태였기 때문이다. 그렇지만 사건 이후 자신이 그동안 가져왔던 콤플렉스가 말끔히 사라졌다고 믿는 그녀가 실망할 게 분명한 소리를 입 밖으로 내뱉기란 쉽지 않았다. 하물며 나는 그녀의 변호인인 것을. 다만, 그녀에게 뭔가 심각한 정신적 문제가 있다는 사실만은 확실해 보였다.

"지내는 데 불편함은 없으시고요?"

결국 화제를 돌릴 수밖에 없었다. 그녀는 고개를 도리도리 가로저었다. 그리고 처음 만났을 때처럼 다시 한번 입꼬리가 찢어질 정도로 샐쭉하니 웃어 보였다.

"나는 지금 너무 행복해요. 정말 너무 행복해. 하나도 불편한 게 없어요."

그녀의 행복은 진심인 듯했다. 다행이었다.

"그럼, 말씀하신 내용을 토대로 최선을 다해서 변론을 준비하겠습니다."

나는 주섬주섬 자료를 정리한 후 자리에서 일어났다. 의자를 책상 안쪽에 밀어 넣고 꾸벅 허리 숙여 인사한 다음 뒤돌았을 때였다.

"씨발년. 너, 내 말 안 믿네?"

조금 전까지와는 전혀 달리 낮게 깔린 그녀의 음성이 내 고막에 송곳처럼 파고들었다.

"킥킥… 하긴. 씨발, 뭐가 진짜고 가짜인지 변호사 년이 어떻게 알아. 잘해 봐…."

나는 순간 가슴이 쿵 내려앉았다. 그래서 오른손에 들고 있던 서류 가방의 손잡이를 더욱 세게 움켜쥐었다.

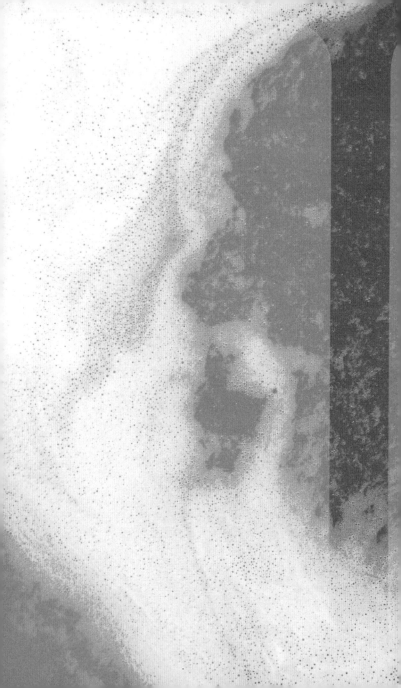

Episode

_____ 상흔

나는 정신병자다.

　싯누런 농포가 잡히는 여드름이 얼굴을 뒤덮었던 열다섯 살.

　학교에 가는 길목에서 멈추어 있다가 각기 어디론가 향하는 부모님의 뒷모습이 시야에 잡히면, 슬그머니 집으로 돌아와 이불을 뒤집어쓰고 밤새 못 이룬 잠을 청하기를 여러 날.

　약 십 일쯤 지난 후 담임교사는 가정방문이라는 명목으로 나를 찾아왔고, 동행한 상담교사라는 여자는 이런저런 질문을 던지더니 몇 장의 설문지를 내밀었다. 그런 다음 "네가 우울증이라 힘들었던 거구나."라며 짐짓 아는 척을 했다. 본인이 의사도 뭣도 아니면서.

　물론 나는 우울증 환자가 맞다. 결국 부모님과 영원한 이별을 고하고 살게 된 또 다른 집 — 과연 집이 맞았을까 — 에 정기적으로 방문하는 사회복지사가 수연 언니의 죽음 후 끌고 간 정신과에서 나는 '상세 불명의 우울장애'를 갖고 있다는 공식적 진단을 받았으니까. 하지만 내 삶이 남들과 크게 다른 것은 아니다. 우울증 환자 역시 그저 낮은 채도로 세상을 필름에 담을 뿐, 렌즈에 비친 풍경은 타인과 다르지 않다.

그나마 우울증이어서 다행이었다. 내 혈육들은 모두 각자만의 지리멸렬한 정신병을 앓으며 삶을 살았으니…. 그중 나에게 찾아온 유전의 저주가 고작 마음의 감기라는 사실은 정녕 기적과도 같은 일이었다.

우리 외할아버지는 촌 동네에서 알아주는 부자였다. 땅덩이를 꽤 가지고 있어 그 시절, 마을 이장까지 했다고. 그덕에 마누라도 둘씩이나 얻었는데, 그게 이놈의 육시랄, 집안을 박살 낸 광병의 화근이 아닌가 싶다.

첫째 외할머니는 아들 하나를 낳았다. 그런데 그 아들이 공부하러 서울 가선 요절했음에도 아무에게도 죽음의 이유를 말하지 않았다. 아비인 외할아버지조차 장례식장 걸음을 막고 어미는 집에 내려와서 입을 꾹 다물었다 하니, 내 생각엔 그 아들이 차마 말 못 할 일을 저지르고 세상을 하직한 게 아닐까 싶다.

반면에 둘째 외할머니는 다복하여 아이를 셋이나 낳았

다고 마을에서 칭송이 자자했다. 그런데 참 자손들 뒷이야
기를 듣고 나면 '다복'이란 말이 무색할 판이다. 첫째는 태
어난 지 6개월도 되지 않아 병치레로 이승을 저버려 가슴
에 묻었다 하고, 딱 2년이 흐른 후 어렵게 본 아들은 희한
하게도 어려서부터 여장을 즐겼다. 그 일로 사사건건 아버
지와 부딪치던 둘째는 결국 18세 때 훌쩍 집을 떠났는데,
세간의 소문으로는 사내가 아닌 계집이 되어 산다고 한다.
그 이후 늦둥이로 얻은 셋째 딸내미가 팔삭둥이로 태어난
내 어머니다.

어머니는 달을 못 채우고 나와선지 어려서부터 또래보
다 모자랐다. 말투는 성인이 되어서도 어눌했고 걸핏하면
화를 내며 걸음걸이도 어정쩡하였다. 외할아버지 내외는
그런 어머니의 짝을 찾아주기 위해 고심했다. 하지만 마땅
한 이가 없어 애를 먹었고, 겨우 구한 사내가 옆 동네에 사
는 우리 아버지였다.

아버지는 마을서 내놓은 쌍놈의 집안 자식이었다. 그럴
만도 한 게 형이란 작자가 사범대학 갓 졸업하고 내려온
여선생이 사는 관사에 침입하여 강간하려다 살인까지 한
미친놈이었기 때문이다. 아버지는 어릴 적부터 동네 어린
여자애들을 추행하고 다녔다는 형과는 달리 심약한 인물

이었지만, 개보다 못한 놈의 동생이라며 늘 숨어 다녀야 했고 마땅한 혼처도 없이 찢어지게 가난한 집에서 노총각으로 늙어가던 처지였다. 그러던 차에 외가에서 주는 논 몇 마지기에 데릴사위로 팔려 온 것이다.

이런 어머니와 아버지 밑에서 나는 장녀로 태어났다. 기억 속에 외가 근처의 조그맣게 지어진 내 집은 늘 지저분했고 어머니의 고성으로 얼룩져 있었다. 어머니는 남편이란 작자가 좀처럼 입을 열지 않는다며 걸핏하면 아버지를 발로 걷어찼고, 그럴 때면 소주병을 기울이던 중년의 마른 남자는 휙 밖으로 나가버리곤 했다. 집구석의 난잡한 살림살이들은 문손잡이를 비틀어 여는 아버지의 등을 겨냥해 포물선을 그렸다.

이런 집구석에서도 동생은 태어났다. 여자아이였다. 외할아버지는 또 딸이라며 못마땅해하셨다. 동생은 다섯 살이 되어서도 말을 하지 못하고 알아들을 수 없는 짐승 소리만 내질렀다. 어머니와 아버지는 물론 그 문제에 대해 신경도 쓰지 않았다.

외할아버지가 재산을 사기로 날려 먹은 것도 그쯤이었다. 불행은 홀로 오지 않는단 옛말이 딱 맞는지, 시름시름 가슴 치며 앓던 외할아버지는 결국 얼마 지나지 않아 뇌출

혈로 세상을 떠나고 말았다. 어머니 대신 엄마 노릇을 해주던 외할머니도 몇 개월 뒤 산소에 다녀오던 길, 트럭에 치여 그 자리에서 절명하였다. 나는 부모를 모두 잃었다.

자꾸만 학교에 빠지기를 수개월, 집 대문을 화장실 문짝처럼 쉬이 여닫으며 들락이던 어머니, 아버지도 영영 떠나버리고 나와 동생만이 유령처럼 집을 지키며 지내던 나날들. 중학교 2학년 겨울방학을 앞두고 있을 때였다. 나는 결국 그룹홈으로 옮겨졌다. 동생은 어디로 가게 되었는지 알길도 없었다. 어차피 제대로 된 말 한마디 섞어본 적 없던 동생이라 짐 덩이일 뿐이었지만 일이 이렇게 되자 새벽녘 피어오르는 물안개 같은 마음만 가득했다.

가방을 한 손에 든 채로 봉고차에서 내리는 나에게 안경 낀 커트 머리의 아주머니는 환하게 웃으며 2층 계단 맞은편 방을 내주었다.

"엄마라고 불러도 돼."

나만의 방은 아니었다. 그곳에는 이미 나보다 한 살 많은 언니가 먼저 자리 잡고 있었다. 까무잡잡한 얼굴에 크지 않고 밋밋한 눈매의 나와는 달리 그 언니의 흰 피부와 쌍꺼풀진 눈이 곁눈질로 보아도 참 예뻤다. 이름은 장수연이라고 했다.

"세 번째 룸메이트네, 네가."

언니는 덤덤히 말했다.

"정 붙이면 살 만해."

하지만 정은 곧바로 붙지 않았다. 본디 살던 집조차도 다
정스러운 곳이 아니었으니 당연한 이치였다. 그래도 내가
서투른 밥을 하지 않아도 시간이 되면 먹을 수 있었으며,
철 따라 바뀌는 깨끗한 침구에서 잠을 잘 수 있었다. 병신
년의 딸이란 말도, 제 어미 아비 닮아 못났단 말도 듣고 싶
지 않아 어차피 가지도 않던 학교는 그만두기로 했다.

나는 수연 언니와 학원에 다니며 검정고시를 준비했다.
진짜 병신년의 딸이어선지 공부와 담을 쌓았던 머리에는
좀처럼 글이 입력되지 않았다. 그렇지만 누군가와 처음으
로 목표를 향해 함께 달리는 경험은 내게 큰 위안이 되었
다. 아마도 내 인생에서 가장 행복했던 시기는 이때가 아니
었을까.

언젠가부터 잠이 들기 전, 나는 수연 언니와 이런저런 이
야기를 나누기 시작했다.

"언니는 언제부터 그렇게 이쁜 거냐?"

"뭐야, 기집애….”

"사실 난 내가 봐도 너무 못생겼어.”

"예쁘기만 한데.”

"언니, 언니는 근데 여기 왜 온 거야?”

"나? 나도 뭐 너랑 똑같지….”

부모 없이 자라는 아이 중에 정작 천애 고아는 없다더니, 그 말이 맞았다. 나나 수연 언니는 서로 별다를 게 없는 처지였다. 초등학교 시절, 수연 언니도 시설에 맡겨졌다고 했다. 아버지는 살았는지 죽었는지 너무 어릴 때 잊혀 기억조차 없고, 어머니에게서 길러지다 그 손을 직접 잡고 보육원에 입소한 그날이 머릿속에 드라마의 한 장면처럼 아직도 생생하다고. 그 후로 몇 번이나 시설 탈출을 감행했던 수연 언니는 해서는 안 될 짓을 저지르기도 하다가 결국 학교도 그만두고 지금 이곳에 오게 됐다고 했다. 다만 나와 다른 점이라면 나는 벌써 어머니의 눈코입조차 희미하지만, 수연 언니는 아직도 사무치게 그 모습이 아른댄다는 것 정도랄까.

"나는 엄마 만나면 나 한 번도 안 보고 싶었냐고 물어보고 싶어….”

어느새 눈물을 쏟아내는 수연 언니를 보면서 나도 실체

없는 그리움에 전염되어 함께 울었다. 그런 엄마가 있다는 사실이 한편으로는 부럽기도 했다.

"언니."

"…"

"수연 언니."

"…응."

"우리 한 번 찾아가 볼까?"

"누구를?"

"언니 엄마 말이야."

"우리 엄마?"

"응."

어둠 속에서 무언가를 발견한 고양이처럼 동공이 커진 수연 언니를 보며 나는 무슨 자신감에선지 언니의 엄마를 찾아주겠노라고 큰소리를 쳤다. 한없이 어리석은 그 말을 수연 언니는 진심으로 믿는 듯했다. 어느새 눈물을 그친 수연 언니는 어린 시절, 어느 동네, 어떤 집에 살았었는지까지 흥분해서 설명했다. 우리는 그곳에 찾아가 근황을 수소문해 보기로 하고 비 맞은 고양이들처럼 꼭 끌어안은 채 잠이 들었다.

다음 주, 우리는 학원을 빠지고 종일 수연 언니가 살던 동네를 헤맸다. 단지의 풍경은 떠오른다 쳐도 이름이 제대로 기억나지 않는 5층짜리 아파트를 건물이 빼곡히 점령한 소도시에서 찾는 것은 어려운 일이었다. 그래도 우리는 포기하지 않고 곳곳을 이 잡듯 뒤졌다. 뒷일 따위는 생각하지 않았기 때문에 가능한 일이었다.

그리고 결국 해내고야 말았다. '해명빌'이었다. 낡아서 도색이 드문드문 벗겨진 저층 아파트 입구에 서서 우리는 한참을 주저하였다.

그때였다.

"…혹시 수연이 아니니?"

곳곳에 필름이 일어나고 축이 기울어져 금방이라도 떨어질 것만 같은 간판이 달린, 과일 가게에서 상자를 정리하던 아주머니가 수연 언니에게 말을 걸었다. 키가 아담하고 통통한 체형에 꼬불꼬불한 파마를 한 여자였다.

"누구…세요?"

"수연이 맞네! 얘. 나, 네 이모야. 이모 기억 안 나? 너 이 아파트 살 때, 왜, 너랑 너희 엄마가 302호 살고 내가 502호 살았는데 생각 안 나? 그새 다 잊었나 보네."

"…네."

"너 여긴 어떻게 온 거니? 엄마 찾으러 왔니? 지금 어디에 사니? 어떻게 지내니?"

숨 돌릴 틈도 주지 않고 수연 언니의 이모란 사람은 속사포처럼 질문을 퍼부어댔다. 그리고 굶주린 하이에나처럼 탐욕스레 자신이 원하는 답을 모조리 수연 언니에게 뜯어내고 나서야 비로소 썩어빠진 이야기를 풀어놓기 시작했다.

"네 엄마 재혼한 지 꽤 됐지. 모르고 있었구나. 그때 왜, 새로 시집가려고 너 거기 데려다 놓은 거지. 에고, 괜히 말했을까? 그래도 야, 너도 너희 엄마 잘살면 좋은 거지, 뭘. 네 엄마 저기 옆 동네에서 큰 건물 주인 됐어. 1층에 뭔 카페 차려서 사장님 소리도 듣는다더라. 그래도 핏줄이라고 한 번은 너 보러 갈 줄 알았더니 아주 독한 년이네."

뻔한 이야기였다. 아침 드라마에서나 나오는 그 흔하디흔한 이야기를 미처 예상도 못 했다는 듯 수연 언니는 주저앉아 울고 또 울었다. 보다 못한 내가 "가자, 장수연!"을 외치며 끌고 나설 때도 수연 언니는 내내 울고 있었다.

그날 밤, 수연 언니는 이불을 뒤집어쓰고 줄곧 한마디도 하지 않았다. 중간중간 숨죽여 흐느끼는 소리도 들렸지만, 방 안을 삼켜 버릴 듯 휘감은 공기는 오직 정적이었다. 그

때 무엇이 그렇게 나를 분노하게 했는지는 모르지만, 불쑥 치밀어 오른 나는 새우처럼 웅크린 수연 언니의 등에 대고 고래고래 소리를 질렀다.

"이 등신아! 나처럼 병신년의 딸인 것보다 독한 년의 딸인 게 더 낫잖아! 머저리같이 작작 좀 쳐 울어!"

한바탕 쏟아내도 마음은 편치 않았다. 그렇지만 나 역시 이불을 뒤집어쓴 채 결계를 쳤고, 밤은 그렇게 끝을 향해 달려갔다.

다음 날, 누군가의 손이 내 몸뚱이를 거칠게 흔들었다.

"일어나, 빨리 좀 일어나라고!"

옆방 민경 언니였다. 잠이 덜 깨서 노곤한 가운데 분주한 사람들의 발걸음 소리와 시끄러운 무전기의 소음, 뭐라고 외치는 고함들이 귓가를 어지럽혔다.

"아, 무슨 일이야?"

"야, 수연이가… 죽었대."

거짓말…. 수연 언니가 죽었다니.

나는 전기에라도 감전된 듯 상체를 튕겨 일으켰다. 계단 밑으로 뛰어 내려가자 현관문이 활짝 열려있고 집 안에는 굳은 표정의 경찰들, 목 놓아 우는 이들, 어쩌고저쩌고 떠드는 사람들이 찌개 건더기처럼 뒤섞여 있었다.

수연 언니는 새벽 세 시 십삼 분쯤 집을 나섰다고 했다. 그리고 도보로 삼십오 분 정도 떨어진 선로에서 달리는 화물열차에 몸을 던졌다고 했다. 조각조각 찢긴 시신은 너무 참혹하다는 이유로 우리에겐 보여주지도 않았다. 실체 없이 말로만 떠들어대는 수연 언니의 죽음이 믿을 수 없어 나는 눈물조차 나오지 않았다.

경찰들은 수연 언니의 마지막 행적을 함께한 사람이 바로 당신이라며, 나를 들볶았다. 그들은 수연 언니가 기차에 뛰어든 동기가 뭐냐면서 집요하게 캐물었고, 나와의 관련성에 대해서는 아예 대놓고 추궁했다. 사실 어떻게 생각하든 별 상관도 없었기에 내가 그들에게 뭐라고 지껄였는지는 잘 기억나지 않는다. 한 몇 달 경찰서를 오고 가다 어느 순간 발이 끊긴 걸 보면 다행히 마무리가 잘 지어졌다고 해야 하나.

다만 수연 언니가 세상을 떠난 이후 나는 자해하는 습관이 생겼다. 종종 사고가 멈추고 호흡이 일시 정지되는 감각이 온몸을 조였다. 그럴 때마다 늘 수연 언니의 환영을 보는 것은 아니었다. 하지만 수연 언니가 죽고 세상이 내게 가하는 자극에 대한 역치가 터무니없이 낮아졌다는 사실만큼은 분명했다. 그럴 때면 나는 사방이 막힌 공간으로 도망쳐 손에 잡히는 날카로운 물건으로 — 이를테면 과도, 송곳 같은 — 손목을 긋곤 했다. 당연히 죽을 정도는 아니었다. 나는 수연 언니처럼 용기 있는 사람은 아니었으니까. 그래도 새빨간 피가 흘러나오는 모습을 보면 뇌의 주름 속에 스며 있던 짠 내가 스멀스멀 흘러내렸다.

　나의 병은 그렇게 발화하였다.

　스물이란 떠밀린 독립의 시작일 뿐, 나는 간신히 통과한 검정고시 합격증만 달랑 쥐고 그동안 지내던 잠자리에서 떠밀려 나왔다. 나라에서 준 보조금으로는 옥탑 보증금도 빠듯했다. 시니컬하게 받아들였던 지난날에 대한 감사함을 이제야 느끼며 당장 눈앞에 닥친 생계를 걱정했다. 하지만 대학도 나오지 않고 변변한 자격증도 없는 어린 여자가 세상에서 할 수 있는 일은 많지 않았다.

　결국 나는 시급이 제법 높은 시내 고깃집에 취직했다. 두꺼운 솥뚜껑을 화로에 올린 후 삼겹살을 손님에게 구워주는 종일제 일자리였는데, 고된 탓인지 그만두는 직원들이 많았다. 덕분에 나는 "오래 할 수 있지?"라는 점장의 물음에 끄덕이는 것만으로도 바로 채용되었다.

매일 델 듯한 불 옆에서 토할 것 같은 고기의 비린내를 맡으며, 나는 오직 돈만 생각했다. 가끔 "이따위로밖에 못해?" 혹은 "야, 사장 나오라고 해!"라고 소리 지르는 진상들도 있었다. 그럴 때면 곰 인형의 가슴팍에 있는 버튼을 누른 것처럼 "죄송합니다."를 반복한 후 화장실로 달려가 주머니 속에 넣어둔 커터 칼을 손목에 댄 후 지혈하면 되었다. 이런 나를 점장은 성실하다며 추켜세웠고, 어느 날은 퇴근길에 불러 세워 본사로 가 볼 생각이 없느냐고 물었다.

"월급은 오를까요?"라는 나의 질문에 점장은 "당연하지, 사무실에서 근무하면 일도 훨씬 편해져. 내가 특별히 추천하는 거니까 아무에게도 말하지 마."라며 귓속말을 했다.

분명 좋은 일인데 기분이 묘했다. 그날 이후로 나는 해가 뜰 무렵에야 간신히 잠이 들었다.

그곳은 내 예상보다 지점이 훨씬 많은 식당이었다. 본사는 시내 한복판의 6층짜리 건물 중간에 자리한 사무실이었다. 나는 거기에서 온종일 걸려 오는 전화를 받고, 커피를 타고, 복사를 하고, 청소를 했다. 그래도 식당에서 일할 때보다 몇 배는 수월했다.

사무실에는 나 말고도 세 명이 더 근무했다. 어찌 그리

젊은 나이에 수많은 지점을 거느릴 수 있는지 의아한 30대 중반의 사장, 나에겐 신경질적이지만 사장 앞에서는 늘 콧소리로 일정을 안내하는 내 또래의 여자 그리고 결혼이 채 두 달도 남지 않았다는 훤칠한 남자였다. 한들한들 휘파람이나 불며 자리 뒤편에서 골프 연습을 즐기는 사장을 제외하면 모두 자신만의 업무에 바빠 각자 맡은 일이 무엇인지는 알 수 없었지만, 어쨌든 사업은 번창한다고 했으니 다들 열심이었던 건 확실하다.

그에게 눈길이 안 갔다면 새빨간 거짓말일 수밖에, 먼발치에서 봐도 나보다 머리 두 개는 훌쩍 넘는 키, 자리에 앉아 있는 내게 다가와 "이것 좀 드시며 하세요."라고 간식을 건네고 갈 때의 미소, 셔츠가 유독 잘 어울리는 직각의 어깨…. 내가 그에게 일터에서 만난 동료 이상이 아니라는 사실쯤은 알고 있었지만, 난생처음 접하는 이성의 다정함은 명청한 나를 자꾸만 두근거리게 했다. 그쯤 나는 습관적으로 반복하던 자해도 멈추었다.

"우리 오늘 같이 저녁이나 먹을까?"

늘 만사가 즐거운 사장의 제안이었다. 평소라면 사양했을 테지만, 그날 그가 입은 푸른색의 셔츠가 유독 멋져 보여서 나는 고개를 끄덕였다. 뒤이어 "드디어 모두 모이

네.", "진작 좀 그러지."라는 둥 비아냥이 이어졌다.

밥을 먹고, 술을 마시고…. 나는 이방인처럼 아무 말도 하지 않고 그저 자리만 지켰다. 그와는 멀리 떨어져 앉아 눈도 마주치지 않았다. 모두가 즐거운 듯 시끌벅적한 공간의 열기가 무르익었고, 나는 무리하게 마셔댄 알코올의 기운이 치솟아 머리가 띵할 뿐이었다.

돌아갈 시간. 자정을 훨씬 넘긴 때였지만 얄팍한 내 지갑 사정으로 택시를 타기에는 무리였다. 사람들과 헤어져 집으로 향하는 발은 모래주머니가 달린 양 무거웠다.

그때였다.

"같이 갈래요?"

그였다. 상기된 얼굴에 차오르는 숨, 그는 나를 쫓아 뛰어온 듯했다. 이유는 알 수 없지만.

나는 고개를 끄덕였다. 우리는 함께 걸었다. 그는 내 옆에서 쾌활한 말투로 계속 이야기를 지껄였다. 그는 역시 푸른색이 잘 어울려, 라고 생각하느라 무슨 말을 하는지 제대로 듣지 못했지만…. 아무튼 나도 헤실헤실 웃으며 맞장구를 쳤고, 우리는 꽤 잘 통한다고 느꼈다.

자연스럽게 모텔로 향한 이유도 아마 그래서였을 거다.

네온이 번쩍이는 포차 거리 뒷골목, 가로등 몇 개만 겨우 바닥을 비추는 그곳에 자리 잡은 낡은 갈색 건물이 바로 나의 첫 경험 장소였다.

그는 모든 면에 능숙했고, 나는 뻣뻣하고 서툴렀다. 그런 그가 좋았다.

"너… 몸에 이게 다 뭐야?"

그가 물었다. 사실 손목만이 아니었다. 온몸에 난도질 된 일상의 검붉은 흔적들. 평소에는 아무렇지 않던 그 상흔들이 그 순간만은 수치스러웠다. 나는 황급히 이불을 끌어 올렸다.

"괜찮아…."

그 때문이었나 보다. 그는 안타까운 목소리로 내 머리를 쓰다듬었고, 누구에게나 견고했던 경계는 순간 허물어져 버렸다. 나는 그만 모든 비밀을 고백하고 말았다. 그동안 스스로 자신을 상하게 했을 때의 쾌감, 불면으로 지새웠던 밤의 지루함, 그리고 나의 부모, 특히 어머니에 대한 증오까지….

"그러니까 전 그냥 미친 여자예요, 네…."

"아니야, 미치지 않았어. 이젠 정말 다 괜찮아…."

그는 내 모든 치부가 그저 다 괜찮다고 달콤하게 속삭였다. 그리고 귓가에 부드러운 입술을 바싹 붙이고 소곤거렸다. 평생 너에게만 처음 털어놓는 비밀인데, 사실 나는 발가락이 여섯 개야, 라고.

그는 예정대로 결혼식을 올렸다. 상대는 사장의 사촌 여동생이었다. 삼 년 넘게 만난 사이라는 그들은 청첩장 표지에 실린 사진의 미소가 꽤 닮아 보였다.

"카, 선남선녀가 따로 없네!"

사장은 본인이 중매를 섰으니 양복 한 벌은 받아야겠다며 실없는 소리를 해댔고 그럴 때마다 그는 능청스럽게 "양복뿐이겠습니까."라고 받아쳤다.

그는 여전했다. 상냥한 인사, 밝은 미소, 친절한 배려. 무엇 하나 흠잡을 데가 없었다. 하지만 그뿐이었다. 그날 밤이후 그는 내게 예전과 같은, 좋은 직장 동료였다. 그 때문에 결혼식을 2주 앞두고 사무실에 청첩장을 돌리는 그에게나는 모기만 한 목소리로 축하 인사를 해야 했다.

그가 신혼여행에서 돌아오고 사흘쯤 지난 후였다. 지나치게 늦어지는 생리에 나는 약국에 들러 임신 테스트기를 샀다. 결과는 기대한 대로였다.

그날 밤, 나는 처음으로 지루하지 않은 불면의 밤을 보냈다. 부푼 마음으로 그와 나, 아이의 행복한 미래를 그리고 또 그렸다. 혼자 킬킬대며 웃기도 했다.

그리고 해가 뜨자마자 사무실이 위치한 6층 건물 앞에서 그를 기다렸다. 나는 여느 때처럼 멀끔한 복장으로 출근하는 중인 그를 붙잡았다. 기뻐할 그의 얼굴을 그리며. 그는 그날처럼 푸른색 셔츠를 입고 있었다.

"잠깐 이야기 좀 해요."

잔뜩 벅차오르는 마음을 꾹꾹 누르면서, 그를 끌고 들어간 뒷골목의 어둠을 헤치고 건넨 임신 테스트기. 하지만 어떤 부연 설명을 하기도 전에 보인 그의 반응은 전혀 예상치 못한 것이었다.

"씨발, 지워."

그는 태양의 환한 호흡이 닿지 않는 그림자 아래, 이처럼 단 네 음절의 말만 허무히 던지고 사라져갔다.

그 후로 나는 매일 인스타그램에 인생의 하이라이트를 업로드했다. 그것은 모두에게 축복받아 마땅한 나의 임신 기록이자, 내가 품은 남자와의 연애 일기였다.

서프라이즈로 임밍아웃을 남편에게 했던 감격적 순간,

입덧을 가라앉히려 먹고 싶은 복숭아를 한밤중에도 일어나 구해 온 남편의 사랑, 남편이 밤마다 튼살 방지 크림을 배에 정성껏 마사지해 주는 일상….

하루하루 자라는 아이의 초음파 사진에 그럴듯한 허언을 토핑해 올리는 찬란한 삶은 사람들의 부러움을 사기에 충분했고, 나는 단시간에 엄청난 팔로워를 끌어모았다. SNS는 실업 급여나 파먹고 사는 자신을 연명케 하는 기특한 꿈이었다.

- 남편이 어쩜 그렇게 자상하세요 >_<
- 임신 중에도 한결같은 사랑… 부러워요.
- 보기만 해도 예쁜 부부… 두 분 꼭 닮은 아기와 행복하세요~

댓글만 봐도 배부른 나날들 가운데 아이는 자궁 안에서 무럭무럭 자랐다. 그리고 검진을 위해 방문한 산부인과에서 머리가 희끗희끗한 주치의는 나에게 인자한 미소를 지으며 다정히 다음 진료를 안내했다.

"24일은 기형아 검사 예정인 거 알고 계시죠?"

그 순간, 심장이 쿵 내려앉았다.

견고하게 봉인해 두었던 상자가 열린 느낌. 잊고 있었다,

잊고 싶었다. 병신년과 살인자의 집구석에서 태어나 온몸에 난도질하며 살아가는 나. 그리고 발가락이 여섯 개라던 그. 무엇 하나 정상 아닌 유전자의 조합으로 탄생한 태아는 과연 비정상이 아닐 수 있을까? 두려웠다. 초조했다.

나는 병원에서 나오자마자 휴대폰으로 미친 듯이 '정신병', '유전'을 검색했다. 그리고 길바닥 한가운데에서 소리를 질렀다.

"발달한 의료… 높은 치유… 사회 복귀… 이런 거 말고! 씨발!"

손톱을 깨물었다. 그리고 뜯은 손톱을 퉤, 하고 뱉었다. 누구도 확답을 내려주지 않았다. 뱃속의 이 새끼가 정상인지 비정상인지. 하루하루 자궁에서 내 살과 피를 파먹으며 자라는 이 아이가 나와 같은 종족이 아니길 바라는 건 애초에 이루어질 수 없는 욕심이겠지만.

문득 그가 떠올랐다. 발가락이 여섯 개였지만… 지나치게 멋지고 능숙했던 그를 떠올리자 애써 묻어 두었던 관음의 욕구가 치솟았다. 나는 인스타그램 검색창에 그의 이름을 입력했다. 결과 창에 등록된 47개의 링크에 일일이 들어가 나는 그가 자신의 이름으로 SNS를 하지 않는다는 사실만을 확인했다. 목구멍이 바싹 타들어 갔다.

그때 불현듯 청첩장에서 웃고 있던 그녀가 떠올랐다. 흔하디흔하지만 절대 잊을 수 없는 그 이름. 나는 빠른 손놀림으로 그의 이름 곁에서 빛나던 세 글자를 검색했다. 총 92개의 계정이 나왔다. 나는 하나씩 그것들의 소유주가 누구인지 알아보기로 했다.

기계적인 확인 작업을 51번째 반복한 끝에 나는 비로소 그녀를 만날 수 있었다. 정확히 말하면 그와 그녀의 사진을. 그녀의 인스타그램 프로필은 앞니가 드러날 정도로 환한 미소를 짓고 있는 둘의 얼굴이 장식하고 있었다. 예전에도 그랬지만 그들은 꽤 닮아 보였다.

나는 그녀의 SNS를 꼼꼼히 정독했다. 그녀가 올린 사진 속 배경의 그림이 누구의 작품인지, 그들이 사는 아파트가 위치한 곳이 어디인지, 덧붙여 올린 글의 태그 하나하나가 어떤 의미인지조차 놓치지 않고 이 잡듯 분석했다. 이를 통해 알게 된 점이라면 그녀가 나 따위는 신경조차 쓰지 않고 눈물 나게 행복한 삶을 살고 있다는 사실이었다. 내가 그들에게 티끌만도 못한 존재란 현실이 너무나도 분했지만, 달라질 이유는 없었다. 그녀는 내가 봐도 나보다 아름답고 여유 넘쳤으니까.

그리고 그녀의 가장 최근 게시물을 마지막으로 살폈다. 그것은 오늘 밤 중계하는 손흥민 출정 경기를 보며 남편과 야식을 무엇으로 먹을지 팔로워들에게 투표해달라는 내용이었다.

① 치킨

② 족발

나는 조금 망설인 끝에 찬성을 눌렀다. 그리고 떨리는 손으로 게시물에 이런 댓글을 달았다.

– 나는 그날 밤 치킨과 네 남편을 먹었어, 발가락이 여섯 개라는.

그녀에게서 DM이 온 건 이틀 뒤였다.

그녀 : 뭘 원하는 거예요?

나 : 돈! 내 인스타그램 보면 알겠지만, 당신 남편 아이를 가졌어. 이 아이를 낳든 지우든 돈이 필요해.

그녀 : 얼마를 드려야 하는데요?

나 : 얼마쯤 줄 수 있는데?

그녀 : 현금으로 딱 일억 오천. 그 이상은 무리예요. 대신 아이

는 꼭 지워주세요. 병원은 제가 알아봐 드릴게요.

나 : 돈은 언제 받을 수 있을까?

그녀 : 병원 예약 날짜 잡고 바로요. 어디서 만나면 될까요? 병원 앞?

나 : 당신을 뭘 믿고? 일단 돈부터 받고 확인한 후에 이동하고 싶어. 적당한 장소가 있을까?

그녀가 나를 둘러매고 수술방으로 냅다 뛸지도 모른다는 불안감에 다른 장소를 요구하자 그녀는 한참이나 뜸을 들였다. 그리고 결국 불나방처럼 어리석은 제안을 던지고야 말았다.

그녀 : 우리 집으로 오세요. 여기서 확인하고 병원으로 함께 이동해요.

나 : 좋아.

그녀 : 일정 정해지면 다시 DM 보낼게요.

나 : 저기….

그녀 : 네?

나 : 혹시 당신 남편도 내가 연락한 거 알아?

내가 제일 궁금했던 사실이었다. 그가 여전히 나를 기억하는지, 조금이라도 나를 신경 쓰고 있는지. 그러나 돌아온 대답은 내 기대를 처참히 부수고야 말았다.

그녀 : 아니요. 혹시나 해서 댓글도 지워버렸어요.

우리의 만남은 사흘 뒤였다. 그녀가 내 연락을 받고 얼마나 발 빠르게 움직였는지 보지 않아도 훤했다. 이 근처에서 임신 중절이 가능한 병원을 찾을 수가 없어 무려 한 시간 반 거리의 시골 산부인과까지 수소문해 수술을 예약했다고 했다. 덧붙여 자신을 사촌 동생쯤으로 여기고 편하게 보호자로 대하라는 자상한 당부도 잊지 않았다.

그래서 나는 당당히 그녀의, 아니, 그의 집에 발을 들였다. 아파트 입구에 마중 나온 그녀는 경비원의 방문객 확인에 화사한 미소를 지으며 나를 친척이라고 소개했다. 엘리베이터를 타고 올라간 14층 신혼집의 현관을 열자마자 탁 트인 통창 너머로 파란 하늘과 인형의 집처럼 작아진 도시의 풍경이 내려다보였다. 한 번도 경험하지 못한 고도에 나는 잠깐 현기증이 일었다.

"괜찮으세요?"

그녀는 걱정스러운 표정이었다. 내가 자기 남편과 붙어먹었다는 사실은 까맣게 잊은 것처럼. 어쩜 그렇게 여자가 고고할 수 있는지 순간 토악질이 밀려왔다. 웩웩거리는 내 꼴을 보며 그녀는 입덧이 올라오는 게 아니냐며 더욱 수선을 떨었다. 어차피 나를 곧 수술대로 끌고 갈 심산이면서.

"확인해 보세요."

내가 소파에 걸터앉아 정신을 가다듬자 그녀는 은장 버클이 큼직하게 달린, 커다란 가방을 가져왔다. 한눈에 보아도 그것은 값비싼 여성용 가죽 백이 분명했다. 그 안에는 오만 원권 지폐 다발이 가득 채워져 있었다.

"천천히 확인하세요. 저는 과일 좀 가져올게요."

그녀는 그렇게 주방으로 향했다.

나는 홀로 거실에 덜렁 남겨져 처량하게 복중 태아와 맞바꿀 지폐를, 숨을 할딱거리며 세었다. 100, 200, 300, 400… 하…. 문득 고개를 돌리자, 싱크대 앞에서 콧노래를 낮게 흥얼대며 사과를 깎는 그녀의 뒷모습이 한눈에 들어왔다. 나는 순간 분노가 치밀었다.

"야, 이 씨발년아!"

나는 거북에게 간이라도 떼어먹힌 토끼 어미가 질렀을

포효를 미친 듯 내갈기며 그녀의 목을 조르려 달려들었다. 느닷없이 뒤에서 공격당한 그녀는 허우적대다가 손에 들고 있던 과도로 내 어깨를 마구 쑤셨다. 화끈대는 열감과 함께 끈적한 피가 흐르는 게 느껴졌지만 멈출 수 없었다. 나는 더 세게 목을 졸랐다.

"죽어, 쌍년…!"

"우… 우욱!"

우리는 이미 부엌 바닥에서 피투성이가 된 채 뒤엉켜 있었다. 그녀는 뒤로 손을 휘두르며 내 팔이며 가슴이며 복부를 마구 칼로 찔렀고, 나는 잔뜩 독이 올라 그녀의 왼쪽 귀를 물어뜯으며 목을 조르는 중이었다. 누구의 힘이 먼저 빠지느냐가 관건인 전투였다. 끝까지 버티는 자의 승리인 것이다.

툭.

먼저 칼을 떨어뜨린 건 그녀였다. 축 늘어진 패배자의 몸뚱이를 옆으로 밀어내며 나는 천장을 올려다보았다. 승리의 한숨을 폐포 하나하나에서부터 끌어올려 내쉬며….

어머, 부엌 조명이 참 예쁘다.

아일랜드 식탁 옆 웨딩 사진 좀 봐.

킥킥대며 웃고 있을 때, 삑삑 현관에서 신경질적으로 비밀번호를 누르는 소리가 들렸다. 다급하게 와다닥 달려오는 발소리의 주인공은 그였다. 오늘도 바로 그때 그 셔츠. 역시 푸른색이 잘 어울린다. 몸이 어쩐지 무거워 일어날 순 없지만… 숨이 가빠서 입을 벌리기도 힘들지만… 이 말만은 꼭 해야겠어, 그에게.

"여보, 다녀오셨어요?"

Episode

———————————— 해마

소녀는 자신이 해마라고 말했다.

몇 번이나 떨어졌는지 모른다. 문예창작이 아닌, 국어국문학을 전공해서. 바로 이 때문일까. 그동안 소설을 쓴답시고 자취방에 처박혀서 보낸 허송세월은 벌써 2년을 넘겼다. 처음에는 콧대 높게 메이저 언론사에서 주관하는 신춘문예만 노렸지만, 언급조차 없는 낙선을 번번이 경험하며 일등 상금이 고작 이십만 원인 지역 백일장에도 글을 투고할 정도로 하찮아진 나.

그것조차 쉽지 않았다, 글로 먹고산다는 건….

엊그제는 결국 슬슬 피하던 어머니의 전화를 실수로 받고 말았다. 지금까지 싫은 소리 한마디 안 하시던 양반이 그날은 단단히 마음을 잡수시고 전화를 하셨는지 나의 "여보세요."라는 말이 채 끝나기도 전에 다다다다 쏘아붙이셨다.

"애야, 이제 제발 취직 준비 좀 해라. 언제까지 그렇게 헛바람 들어서 살 거니. 다음 달까지만 월세 보내고 끊을 테니 그렇게 알려무나. 들어간다."

뭐라 대꾸도 못 하고 단절된 신호음만 남은 전화. 사실 나는 그때 한창 게임에 열중하던 터였다. 그렇다고 무방비 상태에서 때려 맞는 꾸지람에 과연 멍들지 않을 사람이 있겠는가. 결국 나는 게임이고 뭐고 때려치우고 자취방에 찌든 내가 코를 찌르는 이불 속으로 기어들어가 어린아이처럼 엉엉 울었다. 그리고 바로 다음 날, 정신머리라고는 없는 사람처럼 통장의 잔고를 탈탈 털어 김포에서 제주로 가는 항공권을 샀다.

이 여행은 이제 글을 쓸 자유를 잃고 생활이라는 굴레를 쓰게 될 자신을 위한 선물이다. 제주에서의 기억을 마지막으로 나는 절필할 것이니….

새내기 시절, 대학 동기들과의 여행을 마지막으로 인생의 배경에 등장하지 않던 이곳. 공항에서 벗어나 마시는 오월의 제주 공기는 여전히 상쾌했고 하늘은 유달리 푸르렀다. 서울과 제주는 지상을 감싸는 대기의 구성 성분부터 다른 게 아닐까.

목적지를 서귀포 쪽으로 잡은 것도 대단치 않은 이유였다. 공항의 관광 안내소에 비치된 제주 관광 안내 지도를 펼쳐 들고 요리조리 살폈을 때 그저 서귀포에 볼거리가 많이 있구나, 하는 단순한 생각이 나를 그리로 이끌었다.

나는 공항 바깥에 쭉 서 있는 렌터카 회사의 셔틀버스 중 아무거나 한산해 보이는 놈을 골라 타고 사무실로 가서 준중형 세단을 한 대 빌렸다. 군대에 가기 전, 2종 보통 운전면허를 따두어서 얼마나 다행인지 몰랐다.

차에는 선루프가 옵션으로 장착되어 있었다. 나는 선루프와 창문을 활짝 열었다. 비록 천박하다 싶을 정도로 새빨간 페라리사의 컨버터블 카는 아니었지만, 글쟁이가 되겠다고 놀고먹는 백수에게는 고마운 물건이었다. 나는 스피커의 볼륨을 최대로 올린 후 신나게 따라 불렀다. 영어로 된 노래 가사 따위 아무래도 상관없었다. 그리고 첫 번째 목적지인 정방폭포로 향했다.

그 어떤 특별한 날도 아닌, 단지 평범한 월요일의 늦은 오후였기 때문이었을까. 제주도 3대 폭포라고 떠들어대는 호들갑이 우스울 정도로, 관광지에는 사람이 없었다. 목조로 된 계단을 내려가 서귀포 해변을 감아 도는 길을 따라 걸어가니 과연 육지의 물이 바다로 곧장 떨어진다는 그곳이 나타났다.

하지만 폭포 바로 앞도 휑하기는 마찬가지였다. 여행객

처럼 보이는 이라고는 연노랑 원피스에 자기 몸뚱이만큼이나 커다란 캐리어를 옆에 두고 쪼그려 앉아 있는 젊은 여자뿐이었다. 딱 봐도 까맣고 투박한 직사각형의, 사람이라도 들어갈 만한 크기의 여행 가방을 보니 어디 타지에서 제주에 장기간 머무를 셈으로 온 모양새였다. 나는 그 옆에서 노트북과 충전기 몇 개, 속옷과 양말만 들어있는 백팩을 메고 떨어지는 물줄기를 올려다보았다.

"폭포수가 바다로 바로 떨어지는 모습은 동양에서는 정방폭포에서만 볼 수 있다는 사실을 아세요?"

갑자기 웬 여자가 나에게 이곳을 방문한 관광객이라면 누구나 으레 알고 있을 내용으로 말을 걸어왔다. 조금 전, 내 옆에 쪼그려 앉아 있던 바로 그 여자였다. 불쑥 들이민 얼굴은 새하얬고 초승달처럼 가늘고 긴 눈매를 지니고 있었다. 뭐, 지나가다 마주쳐도 금방 잊어버릴 만한 평범한 외모였다.

질문도 특별히 내 흥미를 끌지 못했거니와 대단한 미인도 아니었기 때문에 나는 대충 "네, 네."라고 대답하곤 고개를 다른 쪽으로 돌렸다.

"수로를 따라 흐르는 물이 담수에서 바다로… 이건 마치 차원을 뛰어넘는 거예요. 정말 놀랍지 않나요? 또 그

본질은 '물'이니까 다시 물속으로 돌아가서… 동화처럼 물
거품이 되어 사라지는 거고요. 이거야말로 어마어마한 일
이죠."

그 여자는 슬슬 왔던 길을 되돌아가려는 나를 따라오며
물이니 바다니 하는 선무당 같은 소리만 잔뜩 해댔다. 도무
지 이해할 수 없는 지껄임에 나는 모른 척하고 앞만 보고
걸었다.

그때였다.

"제주에 혼자 오셨어요?"

나는 왠지 멈칫한 기분이 들어 자꾸만 쫓아오는 여자를
쳐다보았다.

"사실 저도 혼자 왔어요. 우리 함께 다니는 거 어때요?"

여자는 내 눈을 빤히 바라보며 물었다.

나는 잘생긴 놈이 못 됐다. 키는 겨우 170cm를 넘겼고,
얼굴도 큰 편이었다. 썩 좋지 못한 비율에 뚜렷하지 못한
이목구비를 지녔으니 옷을 입어도 그다지 태가 날 리 없었
다. 자연히 여자를 사귀어 본 적도 별로 없었고, 섹스라고
는 군대 가기 전 대학 남자 동기들과 다 같이 갔던 거기에
서의 경험이 전부였다. 그런 내게 여자가 먼저 뭔가를 함께

하자고 제안한다는 건, 그 자체만으로도 경이로운 일이었다. 그것도 여행을.

나는 너무나 당연히 고개를 끄덕였다, 그러자고.

"그럼, 캐리어 좀 가져올게요. 저기 두고 와서요."

내 긍정의 반응에 여자는 표정이 환해지더니 두고 온 그 큰 여행 가방을 가지러 다시 정방폭포 앞으로 폴짝 뛰어갔다. 나도 그녀의 뒤를 따랐다.

해안을 비추던 태양이 점점 아래로 꺼져 들어가고, 이제는 등대의 작은 불빛 같은 하얀 점만 아스팔트 도로에 남았다. 나는 회색 맨투맨 티셔츠에 청바지 차림이었지만, 그녀는 소매가 짧은 원피스 아래로 스타킹도 신지 않은 채였다. 여름의 초입인 오월이라도 저녁은 여전히 쌀쌀했다.

"춥지? 카페라도 갈까?"

여자의 새하얀 얼굴이 나보다 어려 보여서 자연스럽게 말을 놓았다. 그녀는 고개를 가로저었다.

"아니요. 우리 술 마시러 가요."

처음 만난 사이인데 너무 적극적인 거 아닌가, 하고 생각하면서도 기분이 나쁘지 않았다.

나는 여자의 캐리어를 차에 실으려 트렁크를 열었다. 그녀의 손에서 건네받아 들어 올린 캐리어는 크기만 거대한 게 아니라 예상보다 더 묵직해서 나는 왠지 기분이 나빴다.

"이야, 이거 사이즈 몇 인치야? 트렁크에 들어가질 않네."

"뒷좌석에 실어볼까요?"

우리는 낑낑대며 뒷좌석에 억지로 캐리어를 쑤셔 넣었다. 혹시라도 캐리어의 딱딱한 커버에 쓸려서 빌린 차의 가죽 시트가 벗겨지기라도 할까 봐 마음이 조마조마했다.

"이거 안 되겠는데?"

제주에 여행이 아니라 이민이라도 온 건지 캐리어는 너무나 커서 도무지 넣을 도리가 없었다. 그렇다고 두고 가자고 할 수도 없었다. 어찌할 바를 몰라 우왕좌왕하고 있는 내게 여자는 아무렇지도 않게 말했다.

"걸어가요."

결국 우리는 처음 만난 폭포에서 약 15분 정도 떨어진 'MUM & PUP'이란 술집에 갔다. 처음부터 어디라고 딱 정해놓고 이동한 게 아니라 단지 다리가 슬슬 아프기 시작하는 시점에 보이는 네온의 간판이 멋져서 들어간 곳이었다. 나는 술집 입구에 아무렇게나 캐리어를 내버려둔 채 여자의 팔짱을 낀 반대편 손으로 갈색 나무 문짝을 당겼다.

"두 분이세요?"

"네."

"원하시는 자리에 앉으시면 됩니다."

역시나 평범한 월요일 밤이어선지 손님이라곤 우리 둘뿐이었다. BGM조차 없는, 고요한 펍은 난생처음이었다. 나는 수제 맥주를, 그녀도 나와 같은 것을 주문했다. 안주는 놀랍게도 땅콩과 티라미수뿐이었다.

우리는 바다도 보이지 않는 구석진 자리에 앉아 말도 없이 연거푸 맥주만 마셨다. 딱히 할 이야기도 없고, 계속 이렇게 술만 퍼마시고 있자니 따분한 기분이 들었다. 이젠 왠지 일어나야 할 타이밍이 아닐까? 그래서 조심스레 '이제 모텔로 가서 마실까?'라고 이야기하는 건 어떨지 고민하던 찰나였다.

"해마를 아세요?"

나는 또다시 당황스러웠다. 해마라니, 갑자기 해마라니. 아까부터 왜 이렇게 이 여자는 뜬금없는 소리만 해대는 거야, 그것도 처음 만난 사이에….

"그 코가 길쭉하고 꼬리가 꼬불꼬불하게 감겨 있는… 물고기 같은 거…?"

내가 여자의 말도 안 되는 질문에 대답을 한 건 이번이

처음이었다.

"음, 어느 정도는 맞고 어느 정도는 틀렸어요. 물고기인 건 맞지만 길쭉한 건 코가 아니라 입이에요. 그 입으로 새우나 플랑크톤 같은 것들을 빨아먹어요. 꼬리는 아주 길고 유연해서 어린 해마들은 서로 꼬리를 묶어두고 지내기도 해요."

여자는 눈을 반짝 빛내며 해마에 관해 설명했다. 조금 전까지 섹스를 생각하던 나는 맥이 탁 풀렸다.

"그래… 혹시 전공이 생물학? 아니면 수의학? 뭐 그런 거야?"

나의 시큰둥한 반응에 여자는 살짝 풀 죽어 보였다. 우리는 다시 술을 마시기 시작했다. 사실 해마가 어떻게 생겨먹었는지 따위는 내게 별것도 아닌데.

"혹시 나이가 몇 살이야? 나는 스물여덟인데."

뒤늦게 든 호기심에 나는 여자에게 나이를 물었다. 내가 그녀에게 하는 첫 질문이었다.

"비밀이에요."

문득 미성년자는 아닐까, 하는 불안감이 들었다. 첫눈에 봐도 나보다 어려 보이는 외모였다. 진작 나이부터 물어볼

걸, 후회하며 나는 그녀에게 버럭 화를 내기 시작했다.

"야, 이 계집애야! 너 가출해서 여기까지 온 고딩 아니야? 저기, 저렇게 큰 가방을 끌고?! 너 오늘 잠잘 데 없어서 호구 잡자, 생각하고 나한테 같이 다니자고 한 거지?"

나는 분노와 취기가 뒤섞여 얼굴은 물론이고 목까지 시뻘게진 상태였다. 그러나 여자의 안색은 조금도 변화가 없었다.

"조용히 해요."

그녀는 주변에 아무도 없는지를 살폈다.

"누가 듣는다니까."

나는 아차 싶은 마음에 목소리를 낮추었다.

"하여튼 나는 너 같은 년이랑 잘 생각 없어."

"알아요."

흥분해서 씩씩대는 나와 달리 그녀는 차분했다. 사실 섹스라는 망상에 빠져있던 건 나뿐이었으니 당연할지 모른다.

"이야기하는 데 나이가 중요한가요? 전 지금 해마에 대해 말하고 있다고요."

"시발, 해마가 뭐 어떻다고 자꾸 해마 타령이야."

나는 잔에 남아있던 맥주를 맹물처럼 쭉 들이켜고는 사

장에게 "한 잔 더요!"를 외쳤다. 그런 나를 전혀 아랑곳하지 않고 여자는 자기 말을 이어갔다.

"사실 저는 평범한 인간이 아닌, 해마거든요. 해마는 암 컷이 아닌 수컷이 출산하고 양육까지 한다는 사실 아시나요?"

나는 어이가 없어서 입을 헤, 벌렸다. 사장이 내 앞에 새로 따른 맥주잔을 내려놓고 사라졌다.

"암컷이 수컷 복부에 있는 주머니에 알을 낳으면 수컷이 그 알을 품어서 부화시키고, 다 자랄 때까지 기르는 거예요. 그러니까 사실상 해마의 세계에 '엄마'란 단어는 존재하지 않아요. '아빠'만 존재하는 거죠."

계속 이어지는 해마 이야기에 갈증이 났는지 그녀는 맥주를 들이켰다. 그런 다음 자신에 대한 설명을 덧붙였다.

"저도 그렇거든요."

서귀포 도순동, 조그마한 교회 주변에는 주택들이 드문드문 자리 잡은 골목이 있어요. 우리 가족은 그중에서도 구멍이 숭숭 뚫린 돌담이 둘러싼 적갈색 벽돌집 2층에 세 들어 살았어요. 짙은 고동색 나무 벽체, 아귀가 안 맞아서 삐걱대는 마루…. 여기에 어울리지 않는 건 바로 샹들리에예요. 아니, 이 촌스러운 인테리어에 고풍스러운 샹들리에가 말이 되냐고요. 아무튼 그런 집에서 평생 살았어요, 저는.

우리 아빠는 시청의 어느 과 계장이에요. 밖에서 사람들은 아빠를 보면 다들 '선생님'이라고 부르며 참 점잖은 사람이라고들 했죠. 하지만 엄마 ― 엄마라고 해야 하나 ― 하고 있을 때면 달랐어요. 아주 난폭했거든요. 아마도 그 둘은 내가 자궁 속 태아였을 때부터 늘, 항상, 언제나 지독하게 으르렁댔을 거예요.

전 아직도 기억이 생생해요. 이불을 뒤집어쓰고 나를 둘러싼 이 세계가 모두 무너져버리면 어쩌나, 하는 공포에 사로잡혀 울던 밤. 다음 날 아침이면 엄마의 얼굴에 여기저기 피어난 푸른 꽃들….

그런데 또 아빠 입장에서 생각하면 엄마를 때리고 싶었을 것 같기도 해요. 왜냐하면 엄마는 매일 집에서 술만 퍼마시며 퇴근하는 아빠를 붙잡고 공무원 나부랭이라는 둥 쥐꼬리만 한 월급이라는 둥 하며 불평만 했거든요.

그렇게 둘은 지지고 볶으면서도 제가 여덟 살이 될 때까지는 함께 살았어요. 그랬는데 어느 날, 학교에서 돌아오니 엄마가 없더라고요. 동네 사람들은 아빠보다 세 배는 돈을 잘 버는 트럭 운전사와 엄마가 바람이 났다고 수군거렸어요.

엄마는 석 달 뒤에 돌아왔어요. 4교시를 끝내고 집에 왔을 때, 엄마의 신발이 현관에 놓인 걸 보고 그리도 신나서 뛰어 들어갔건만…. 엄마와 아빠는 또 싸우고 있었어요. 엄마가 아빠에게 이혼해달라고 소리치고 있었죠. 아빠는 네 딸내미는 생각도 안 하냐며 함께 소리치고요. 저는 자리에서 그만 오줌을 싸며 울어버렸어요. 정말 너무 무서웠거든요.

아빠가 다가와서 저에게 "울지 마."라고 토닥이며 달랠 때, 저는 "엄마랑 살고 싶어."라고 말했어요. 지금 생각하면 참 막돼먹은 년이죠. 엄마는 제 자식 버리고 바람나서 나갔는데, 아빠를 붙잡고 하는 말이라니….

그 순간, 아빠가 저를 바라보던 눈빛이 아직도 기억나요. 그건, 그건 정말이지 안개 같은 눈빛이었어요. 새까만 자동차를 타고 길고 긴, S자로 구부러진 도로를 지나 끝도 보이지 않는 심연의 터널에 도착했을 때 말이에요. 안개에 가로막혀서 한 치 앞도 보이지 않을 때 여기 들어가야 하나, 말아야 하나 결정할 수 없을 때의 눈빛.

그 뒤 아빠는 엄마에게 이렇게 말했던 것 같아요. 양육비를 줄 테니 아이를 맡아 기르는 게 어떠냐고…. 그러자 엄마는 코웃음을 치며 거절하더군요. 바로 앞에 제가 있는데도 말이에요. 애를 맡기면 곧장 보육원에 버릴 거라고, 꿈도 꾸지 말라고.

저는 그렇게 해마가 되었어요.
아니, 난 해마야.
해마예요.

"이런 말 좀 미안한데 니네 엄마, 상당히 쌍년이네. 그렇지 않아?"
맥주를 들이켜면서 어느새 여자의 이야기를 흥미롭게 듣게 된 나는 그만 패드립도 마다하지 않는 방청객으로 돌변하고 말았다.
"맞아요, 쌍년이에요."
여자도 맞장구를 치더니 남아있는 맥주를 모조리 마셨다. 그리고 사장에게 술을 더 주문했다.
"그럼, 그 뒤로 아빠랑 둘이 산 거야?"
"네."
"힘들었겠는데?"

"네."

사장은 이번에는 맥주잔을 여자 앞에 가져다 놓았다. 밤은 점점 깊어지고 있었다. 우리가 앉은 자리에서 조금 떨어진 창문 너머로 물살이 철썩, 서로 할퀴는 소리가 들렸다.

"아까 폭포에서 떨어진 물이 바닷물에 제대로 스미지 못하나 봐요. 파도가 일어요."

여자는 사뭇 진지한 표정으로 창문 쪽으로 몸을 돌린 채 진심으로 물의 안부를 걱정하였다. 그러거나 말거나 나는 그녀의 자극적인 삶에 더 관심이 갔다.

"그러지 말고, 아까 하던 이야기나 더 해봐."

"어떤 이야기요?"

"네가 해마 어쩌고, 그 이야기 말이야."

"그 이야기는 이제 끝났어요."

불과 몇 분 전까지도 자기가 해마라고 떠들던 여자였다. 나는 진실로 어이가 없었다. 이런 계집애들이 다 그렇지, 뭐. 술에 취해 돌아버렸구나.

그 뒤로 한참 조개처럼 입을 꾹 닫고 있던 그녀는 다시 이야기를 시작했다.

아빠는 두 달 전에 뇌출혈로 쓰러져 죽었어요. 제가 여덟 살이었던 초여름부터 스물이 되던 봄까지 아빠는 오직 주머니 속에 어린 딸을 넣고 해류와 싸우며 살았던 셈이죠.

그거 아세요? 해마는 헤엄치지 못한다는 사실. 지느러미가 없는 거나 다름없어 해마는 조류에 몸을 맡긴 채 그냥 떠다니며 사는 물고기예요. 어쩌면 세상에서 가장 마음 편한 존재가 바로 해마일걸요.

하지만 우리 아빠는 달랐어요. 늘 싸워야 했거든요. 엄마가 항상 돈 쪼가리도 아니라고 비웃었던 월급으로 나 하나조차 길러내기 힘들었던 이유는 수도 없이 그 쌍년이 압류를 해왔기 때문이었어요. 그년은 뻔뻔스럽게 아빠에게 계속 이혼을 요구하며 정신적 피해 보상에 대한 명목으로 아빠의 월급을 압류했어요. 재판부에선 그걸 허락했고요.

덕분에 우리는 재판이 끝날 때까지 손가락 빨고 사는 신세가 되었죠. 아빠는 생활비를 벌기 위해 주말이면 작은아빠가 하는 펜션에서 식당 일이며 세탁 일을 했어요.

아빠는 아빠가 된 이후 단 하루도 쉬지 못했어요. 그러다 결국 나가떨어진 거죠. 아빠가 일찍 죽은 건 당연한 결과였는지 몰라요.

여자는 울고 있었다. 맥주를 한 모금 마시더니 잔을 탁 내려놓고, 그대로 테이블 위에 엎드려 어깨를 들썩이며 흐느꼈다. 건너편에서 마주 보며 그녀의 이야기를 듣던 나도 어쩐지 서글퍼졌다. 나는 여자의 옆으로 자리를 옮겼다. 그리고 그녀의 몸을 일으킨 후 꼭 끌어안았다. 술기운이 올라 뜨거운 내 몸과는 달리 피부와 맞닿은 그녀의 뺨, 목덜미, 팔들은 춥다고 말했다. 나는 안타까운 마음이 들어 그녀에게 키스했다. 그녀는 훌쩍이면서도 가만히 있었다. 그렇게 한참 동안 우리는 부둥켜안고 있었다.

"많이 힘들었겠다…."

나는 여자의 뺨을 어루만지며 귀에다 대고 다정하게 속삭였다. 여자는 대답 대신 고개만 끄덕였다.

제가 열세 살이었을 때였어요. 체육 시간이었는데, 그날은 뜀틀을 넘어야 했거든요. 참, 우리 학교 체육복이 위아래 노란색이었다고 말했나요? 지금 입고 있는 원피스보다 두 배는 더 진하고 쨍한 빛이라 아이들이 입으면 아주 귀여웠어요. 아무튼 그 옷을 입고 애들이 모두 순서대로 뜀틀을 넘는 거예요.

사실 저는 뜀틀 넘기를 잘 못 했거든요. 그래서 제 차례가 될 때까지 '제발, 제발….' 마음만 졸이고 서 있었죠. 제

앞에서 수업이 끝나는 종이 울리기만을 바라면서요.

그런데 결국 제 차례가 되고 만 거예요. 저는 반 아이들이 모두 지켜보는 가운데 뜀틀을 넘어야만 했어요. 힘차게 달려서 마치 산처럼 높은 뜀틀을 뛰어넘는데, 하, 그러면 그렇지. 역시나 저는 바닥으로 곤두박질치고 말았어요. 그나마 다행인 건 엉덩이부터 떨어져서 머리를 다치는 건 피했다는 사실이었어요.

그런데 바닥에 쓰러져 있는 저를 보고 여자애들은 훌쩍훌쩍 울기 시작했고, 남자애들은 수군거리며 자리를 피하는 거예요. 당시 체육을 담당하는 선생님은 담임 선생님이 아닌 분이셨는데, 남자였어요. 얼굴이 붉어졌다 파래졌다 하시면서 저에게 "너 괜찮니?"만 연신 물어보시는데… 사실 그렇게 큰 사고도 아니었어요. 단순히 뜀틀을 넘다가 좀 크게 엉덩방아를 찧었다, 이 정도?!

그런데 알고 보니 제가 그때 초경을 시작한 거예요. 체육복 바지 뒤가 붉은 피로 범벅이 되고, 제가 떨어지고 뒹굴었던 자리마다 핏자국이 상흔이 되어 남겨졌어요…. 그 나이쯤에는 그래도 제법 많은 여자애가 초경을 시작하는데, 저는 몰랐던 거죠. 아무도 가르쳐주는 사람이 없었으니까.

"그래서 어떻게 했어?"

나는 진심으로 여자가 안타까웠다. 불현듯 베짱이처럼 놀고먹는 나에게도 꼬박꼬박 계좌로 돈을 부쳐주시는 어머니가 떠올랐다. 그래서 더 안타까웠다.

"집으로 바로 도망쳤어요."

여자는 다시 맥주를 마시려는 듯 잔을 들었다.

"진짜 죽고 싶었어요."

꿀꺽, 목구멍으로 맥주가 넘어가는 소리가 들렸다. 그리고 그녀는 작게 끅, 트림도 했다.

"하지만 아직 죽을 수 없어요."

잔을 내려놓은 여자의 목소리는 단호했다. 정확히 알 수는 없지만, 고된 삶을 살아내고자 하는 의지를 안고 사는 그녀. 새삼 그 사연이 또 궁금해지는 건 뭘까?

"비밀 하나 알려줄까요?"

"뭔데?"

나는 여자에게 몸을 더욱 바짝 붙이고, 그 입술에 귀를 가져다 댔다.

"죽이고 싶은 사람이 한 명 있어요."

순간 나는 쿡, 웃음을 터뜨렸다.

"어디 한 명뿐이겠어."

"그쪽도 있어요?"

여자는 눈이 휘둥그레져서 나에게 물었다.

"사람들 누구나 그런 마음 품고 살아."

나의 말에 여자는 귀한 깨달음을 얻은 표정을 지었다.

"그렇구나…."

열여덟 살 겨울, 외할머니의 부고가 왔어요. 엄마가 떠난 후, 왕래도 없던 사람인데…. 사실 얼굴도 기억나지 않아 슬프지도 않았어요. 그래서 장례식장에 갈 생각도 없는 저를 붙잡고, 아빠가 그러시더라고요. 사람 구실은 하고 살아야 한다고.

그래서 갔어요, 장례식장. 갔더니 역시나 처음에는 저보고 다들 누구냐고 묻더군요. 누구누구의 딸이라고 하니 그제야 데면데면하게 왔냐고, 들어오라며 상복을 꺼내 주대요. 역시나 엄마는 제 엄마의 장례식장에도 오지 않았어요. 기가 막힌 일이죠?

알지도 못하는 친척들 틈에 끼여서 온종일 일하고, 좁아터진 쪽방에서 번갈아 잠을 잤어요. 고되기도 하고, 어색하기도 하고, 서글프기도 해서 내일 아침이면 그냥 상복이고 뭐고 벗어던지고 집에 돌아갈 생각이었어요.

그런데 자다가 이상한 손길이 느껴져 게슴츠레 눈을 떴어요. 시커먼 상복을 입은 새끼가 저와 똑같이 시커먼 내 상복을 풀어 헤치고 내 몸을 만지고 있었어요. 낯선 얼굴이라 낮의 기억을 헤집으며 누군지 생각해 보니, 인사만 겨우 나눴던 이종사촌이라던 놈이더군요. 기가 막혀서 소리를 지르려 하자 내 목을 조르고는 그대로 날 덮쳤어요.

그리고 누군가에게 말하면 죽여버린다고, 말하지 않겠다고 약속하라고 했어요. 그래서 약속했어요. 대신 속으로 다짐했죠. 저 새끼, 내가 꼭 죽이겠다고.

나는 차마 뭐라고 말을 할 수 없었다. 너무 엄청난 일이었기 때문이다. 여자는 조금 전 아빠의 이야기를 했을 때와 달리 울지 않았다. 대신 그 초승달처럼 가늘고 긴 눈매를 더욱 가늘게 뜬 다음 서슬 퍼렇게 번득였다. 그러다가 나를 바라보더니 생긋 웃으며 말을 이어갔다.

"나는 내 몸에 흐르는 엄마의 피를 정말 뽑아버리고 싶었어요."

"엄마는 어떻게 지내는지 알아?"

여자에게서 도저히 캐낼 수 없는, 무의식에까지 견고히 뿌리내린 혈육을 향한 증오를 본 나는 조심스레 그녀의 엄마에 대한 안부를 물었다. 과연 어떻게 지내고 있을까, 이 여자와의 화해는 더 이상 불가능한 것일까.

나의 이 질문을 듣자마자 여자는 갑자기 폭소를 터뜨렸다. 어찌나 깔깔대며 크게 웃는지 카운터에 앉아 휴대폰을 만지고 있던 사장이 우리가 앉아 있는 쪽을 슬쩍 쳐다보았을 정도였다. 한참 동안 눈가에 물기가 맺힐 정도로 자지러지던 여자는 뱃속에 그득하던 웃음기의 뿌리까지 모조리 뱉어낸 후에야 진정할 수 있었다.

그리고 다시 흠흠, 목소리를 가다듬고 이야기를 시작했다.

"이것도 비밀인데, 듣고 싶어요?"

여자의 얼굴에는 생글생글 미소 띤 장난기가 가득했다.

"아, 뭔데. 기왕 시작한 이야기면 끝을 봐야지."

"듣고 후회하는 거 없기다."

여자는 쿡쿡 웃으며 나의 귀에 또 입술을 가져다 댔다. 또 무슨 이야기일까, 나는 가슴이 두근거렸다.

"사실… 큭큭큭."

"아, 뭐야."

"아니, 너무 웃겨서. 알았어요, 알았어."

"빨리 말해."

여자는 다시 나의 귀에 입술을 바짝 붙였다. 후, 그녀의 숨소리가 고막까지 간지럽혔다.

"사실… 내가 죽였어."

"아, 진짜. 장난치지 말고."

거듭되는 여자의 장난에 나는 김이 팍 샜다.

"진짜야, 진짜라고요."

여자는 웃음을 거두고 양손으로 내 얼굴을 잡더니 우리의 시선을 맞추었다. 그녀의 눈은 조금도 흔들리지 않았다. 까만 눈동자에 당혹스러워하는 내 얼굴이 비쳤다.

"거짓말."

"거짓말 아냐."

"아냐, 거짓말이야."

"거짓말 아니라니까요."

나와 여자는 엄마의 살인 여부를 두고 거짓말이니 아니니 하며 한참을 옥신각신했다. 슬슬 진실인가 싶어 내가 두려워지려 할 때, 여자가 목소리를 낮추어 내게 말했다.

"아까 그 캐리어 봤죠?"

"응."

"거기에, 거기에 들어 있어요."

"너희 엄마?!"

"응."

덤덤히 대답하며 단숨에 맥주잔을 비우는 그녀의 모습에 나는 소름이 쫙 끼쳤다. 정말일까? 아니, 거짓말일 거야. 확인해 볼까? 그러다 진짜면 어쩌지. 내가 당황해서 어쩔 줄 몰라 하고 있을 때 여자는 다시 이야기를 시작했다.

"어휴, 놀라긴. 죽어도 싼 년이었어요."

이 주 전이었어요. 내가 사는 도순동 집에 그년이 찾아왔어요. 뻔뻔하게 어디서 "엄마 왔어."라고 말하며 그 낯짝을 들이미는지….

그러면서 느닷없이 부엌으로 가서 저녁 준비를 해야겠다네?! 장을 봐왔다고 미역국과 밥을 내어 오는데 이걸 참 먹어야 하나 고민이 되더라고요. 그래도 먹었어요. 배고팠거든. 밥은 밥이니까요.

다 먹고 나니 집 안 청소며 설거지며 빨래까지 아주 식모인 양 도맡아 하더라고요. 마당까지 쓸고 자빠졌는데, 왜 갑자기 나타나서 저러고 있는 건지 도통 이해할 수가 없었어요. 그래도 뭐, 굳이 해준다는데 나쁠 건 없으니 나는 릴스나 보고 있었죠.

샤워하고 나오는데 갑자기 좀 앉아보라더니 나보고 자기 원망 많이 했냐고 물어보더라고요. 그래서 당연하지 않냐고 대답하니까, 그러지 말아달래. 자기가 겨우 그깟 남자랑 살러 이 집 나갔을 거로 생각하냐고. 그런 거 아니냐고 물어보니 아니래요. 네 아빠 월급이 얼마나 되는지 알고 있냐고 하면서, 자기 뭐 술 공장인지 물 공장인지 다니며 날 위해 이날까지 돈 모았다고 하더라고요.

그런 다음 아빠 떠났다는 소식 듣고 이제 나 호강시켜주려고 온 거라고. 갑자기 너무 꿈 같은 소리만 들으니까, 실감이 안 났어요. 아우, 말하다 보니 나 눈물이 나오려 그러네.

나는 또 병신같이 그 말을 믿었어요. 그래서 엄마라고 부둥켜안고 같이 막 울고 나란히 누워서 잠도 잤어요.

그런데 이 쌍년이 글쎄, 새벽에 부스럭대는 소리에 일어나 보니까, 이, 이 망할 년이 아빠 인감 찾고 있더라고요. 우리 바보 같은 아빠는 뭔 실낱같은 희망을 품고 살았는지 아직도 이 미친년이랑 이혼을 안 한 거예요. 그래서 세상에, 공무원 유족연금을 법적 배우자인 이년도 받을 수 있다는 거죠. 그래서 그거 받아먹으려고 통장 인감 찾으러 온 거라고. 개 같은 년.

"그래서?"

나는 숨이 막혔다. 여자의 어머니도 진짜 희대의 악녀라고밖에 볼 수 없었지만, 그 상황이며 여자의 심리 역시 너무 극단으로 치닫고 있었기 때문이다.

"그러긴 뭘 그래서요. 죽여버렸지."

너무나 아무렇지도 않게, 마치 예정된 수순처럼 여자는 그렇게 엄마의 살인을 뱉었다.

"내가 칼로 이렇게, 이렇게 팍팍!"

여자는 안주로 시킨 티라미수를 먹으라고 준 포크를 칼처럼 들고 찌르는 시늉을 해댔다. 그러고는 킬킬 웃었다. 그러나 나는 조금도 우습지 않았다.

"여기 봐. 찌르다 다쳤어요. 호 해줘요."

정말 여자의 손바닥에는 칼에 베인 듯한 상처가 여기저기 나 있었다. 왜 이걸 보지 못했을까. 정말 이 여자는 자신의 엄마를 죽인 살인자인가.

그년이 안방 서랍을 뒤지고 있는 모습을 보니 피가 거꾸

로 솟더라고. 내가 물었어요. 지금 뭐 하고 있냐고. 그러자
그년의 목소리가 아까 그 다정한 말투와는 다르게 싹 바뀌
더니, 어린 년이 알 거 없잖아, 이러는데 내 속이 안 뒤집어
져요? 그러면서 아빠 인감이나 어디 있는지 알면 가져와
보래. 내가 어디 있는지 알 게 뭐야. 그리고 알아도 절대 그
년한테는 못 주죠. 그년이 와서 내 뺨을 아주 세게 착 후려
갈기고는 다시 온 방을 뒤지기 시작했어요.

　그동안 나는 생각했어요. 아, 저걸 어떻게 죽일까…. 그
런데 방법은 하나뿐이었어요. 인간은 도구를 사용하는 동
물 아닌가요? 그래서 내가 생각한 게 뭘까요? 바로 칼이
에요!

　여자는 아주 기쁜 표정이었다. 칼을 떠올린 스스로가 지
금 생각해도 아주 대견하다는 듯.

　나는 부엌에 가서 칼을 골랐어요. 중식도, 식칼, 창칼, 과
도…. 그중에서 내 손에 휙 감기는 과도로 결정했죠. 그거
알아요? 과도로도 사람을 죽일 수 있다는 사실.

　그년 뒤에 내가 살금살금 다가가는데… 아, 그럴 필요도
없었어요. 서랍장 뒤지느라 정신이 홀랑 나가서 내가 자기

뒤에 서 있는지도 모르더라니까요. 그래서 그냥 냅다 뒷덜 미를 찌르고는 확 빼버렸어요. 피가 폭죽처럼 튀더라고요. 내 얼굴에까지. 하하, 기분이 진짜 좋았어요.

근데 말이에요. 그년이 영화에서처럼 한 번에 안 죽는 거 예요. 돌아서서 막 나한테 덤벼들길래 그냥 막 찔러버렸어 요. 어딜 찔렀는지도 모르겠어요. 그년이랑 같이 뒹굴면서 내가 그년 어깨랑 등을 막 쑤셨는데, 어느 순간 부르르 떨 더니 탁 멈추더라고요.

그 순간 알았어요. 이년 드디어 뒈졌네.

뒤는 뭐⋯ 샤워하고, 옷 갈아입고, 관광객들 가는 가게 찾아가서 제일 큰 캐리어 사서, 그년 시체 구겨 넣고⋯.

혹시 사후경직이라고 들어봤어요? 몸이 통나무처럼 굳 어버려 캐리어에 잘 안 들어가서 넣느라 나 진짜 고생했어 요. 어휴, 일이란 게 다 그런 거죠.

살인. 그것도 친족의 살인을 이렇게나 신나서 떠들어 대 다니. 물론 이 지경이 되기까지의 사연이 안타깝긴 하지만. 나는 TV에서 방송하는 살인마의 서사라는 게 바로 이런 거구나, 하는 생각이 들었다.

그리고 한편으론 씁쓸했다. 이 여자는, 아니, 이 소녀는 겨우 스물이다. 그런데 벌써 어머니를 살해한 극악무도한 자가 되어버렸다. 지금 당장은 아니더라도 분명히 언젠가는 경찰에게 잡힐 테고, 매스컴에서 이 소녀에 대해 멋대로 떠들어댈 게 분명하다. 어쩌면 나도 위험해질지 모르지만…. 그건 나중에 생각하자.

"이젠 어떡할 거야?"
"바다로 보내줄 거예요."
소녀는 꿈꾸듯 말했다.
"말했잖아요, 나는 해마라고. 해마는 바다로 가야죠."

아빠는 화장했어요. 갑자기 세상을 떠난 아빠니까 유언 따윈 남기지 않았지만, 나는 아빠가 늘 바다를 그리워한다고 생각했어요. 왜냐하면 나는 해마니까. 그러면 아빠도 해마인 거잖아요?

평생 나를 주머니에 넣고 가녀린 꼬리로 아슬아슬하게 해초를 붙잡은 채 살았어요, 아빠는. 해류가 아무리 몰아쳐도 그 자리에서 벗어날 수가 없어서 너무 작아 제대로 보이지도 않는 지느러미로 헤엄쳐야 했던 존재가 우리 아빠예요.

나는 말이에요. 다음 생에는 아빠도 그냥 물살에 몸을 맡긴 채 부유하며 살아가는, 그냥 평범한 보통의 해마였으면 좋겠어요. 아니, 그냥 암컷 해마면 어떨까요? 아니, 차라리 태어나지 않는 게 좋을지도 몰라요.

불에 타서 재가 된 아빠의 몸은 서귀포 앞바다에 흩어졌어요. 그건 다른 해마의 먹이가 되고, 또 다른 알이 되어 새로운 해마를 탄생시킬 테죠.

아빠는 비로소 바다에 안긴 거예요.

말을 마친 소녀는 내 어깨에 머리를 기댔다. 조금 피곤한 듯했다. 나는 소녀의 어깨를 감싸안았다. 아주 가냘프고 연약한 어깨였다. 이 소녀가 누군가를 죽였다는 사실이 믿기지 않았다.

"그럼, 캐리어는…?"

차마 '너희 엄마는?'이라는 말이 입에서 나오질 않았다. 그래서 나는 '엄마'라는 유정명사를 '캐리어'라는 무정명사로 대체했다.

"그것도 바다로 가야죠."

소녀는 내 어깨에 기댔던 몸을 서서히 일으켰다.

"암컷 해마도 해마인걸."

우리는 그렇게 'MUM & PUP'을 나왔다. 술집에 들어올 때만 해도 캄캄했던 주변이 이제는 어슴푸레했다. 얼마 지나면 해가 떠오를 모양이었다. 서둘러야 했다. 나는 비틀거리는 소녀의 어깨를 끌어안았다. 그리고 입구에 세워두었던 캐리어를 끌며 나란히 걷기 시작했다.

"어디로 가?"

"정방폭포요."

아무도 오가지 않는 외진 도로였다. 마침 밤과 새벽의 경계이기도 했다. 나는 정신을 가다듬으려 애썼다. 캐리어 바퀴가 지면과 부딪치며 드르륵거리는 소리가 났다. 내게 기댄 소녀는 그 리듬에 맞춰 나지막이 노래를 불렀다.

"무슨 노래야?"

소녀의 메마른 흥얼거림이 좋아서 나는 잠깐 우리가 무얼 하러 가는지도 잊을 정도였다.

"들국화 노래예요. 〈이별이란 말은 없는 거야〉라는."

"가사가 참 좋네."

"그렇죠? 저, 이 노래가 최애예요."

노래가 끝난 후, 나는 소녀에게 물었다.

"그런데 왜 하필 정방폭포야?"

그러자 소녀는 굉장히 당황스러운 표정으로 나를 바라

보았다. 마치 그 이유를 여태껏 몰랐냐는 듯….

"어제 말했는데…."

"어?! 그랬었나…. 한 번만 다시 말해줄래?"

"정방폭포는 폭포수가 바다로 바로 떨어지는 곳이라
고…."

육지를 흐르던 물이 우거진 초록으로 무장한 역경을 헤
쳐야만 도달할 수 있는 곳이 바로 수직의 절벽이에요. 그곳
에 오롯이 '나'로서 서지 않으면 낙하할 기회조차 얻을 수
없어요. 깎아지르는 듯한 그 높이에 압도되어 뛰어내리지
않으면, 지금의 세계로부터 영원히 벗어날 수 없는 늪에 빠
지고 마는 거죠.

그래서 물은 뛰어내리는 거예요. 바다로, 바다로. 육지로
부터 바다를 향해 눈을 질끈 감고 뛰어내리는 거예요. 그렇
게 해야만 육지에 붙잡혀 흐르던 담수에서 벗어나 바다라
는 신세계에 안길 수 있어요. 그리고 물은 비로소 또 다른
물을 만나 하나의 거대한 물이 되지요. 조그맣고 위태롭던
'나'는 소멸이라는 자유를 맞게 되는 거예요.

이렇게 모두를 포용하고 해방케 하는 공간이 바로 정방
폭포예요.

정방폭포에 대한 소녀의 믿음은 굳건했다. 소녀는 엄마의 종착지도 꼭 정방폭포여야만 한다고 말했다.

"그곳이어야만 엄마도 용서받을 수 있어요."

몇 번이나 넘어졌다가 일어나기를 반복한 끝에 우리는 정방폭포로 향하는 입구에 도착했다. 어째 술집까지 가던 것보다 더욱 먼 길처럼 느껴졌다.

그런 다음, 쳐져 있는 펜스를 넘어 목적지로 향했다. 캐리어를 등에 지고 넘다가 하마터면 바닥에 처박힐 뻔했다. 어쩌면 이게 소녀의 엄마를 짊어진 대가일지도 모른다고 생각하니 등줄기에 소름이 돋았다.

둘이서 캐리어를 받치고 우리는 간신히 가파른 계단을 내려갔다. 소녀가 어제 어떻게 혼자 캐리어를 들고 폭포까지 왔는지 의문이었다. 구부러진 길을 따라 도착한 곳에는 여전히 힘차게 쏟아지는, 아니, 뛰어내리는 폭포의 물줄기가 하얗게 부서졌다. 드디어 폭포 바로 앞에 다시 도착한 것이다. 나는 이제 그저 소녀만 바라보기로 했다.

"잘 가요."

소녀는 캐리어를 옆으로 눕히더니 폭포 앞, 얕은 바닷물 위에 띄웠다. 그러고는 자기도 그 뒤를 따라 첨벙 뛰어들었다.

"야, 추워!"

새벽 바닷물이 얼마나 차가울까 싶어 나는 소녀에게 당장 나오라고 소리를 질렀다. 그러나 소녀는 빙그레 웃기만 할 뿐 바닷물 안에 얼굴을 한 번 처박기까지 했다. 그리고 캐리어를 앞으로 슬슬 밀며 점점 깊은 바다를 향해 나아갔다.

"야, 너 미쳤어? 그러다 죽어!"

내가 소리쳐도 소녀는 뒤돌아보지 않았다. 그러더니 어느 순간 발이 바닥에 닿지 않는지 캐리어를 킥 판처럼 의지하여 헤엄까지 치고 있었다. 나는 두려움에 휩싸였다. 그러나 차마 따라서 뛰어들 용기는 없었다.

"야! 안 나와?! 야, 야!"

소녀가 드디어 시선이 닿을락 말락 한 곳에서 고개만 뒤로 돌렸다. 그러고는 나를 향해 큰 소리로 외쳤다.

"해마는 이제 거의 멸종되었대요. 이제 제주도에서 보이는 해마는 대부분 양식한 거라네요. 그리고 해마는 원래 바다에서 사는 게 맞아요."

이 말을 마지막으로 소녀는 바다 한가운데로 캐리어와

함께 사라져 갔다. 어느 순간, 아무리 크게 눈을 뜨고 보아도 그 애는 이제 작은 점으로도 보이지 않았다.

나는 이 모든 게 꿈인가 싶었다. 그래서 자리에 털썩 주저앉았다. 그리고 그 애에게 차마 하지 못했던 말을 중얼거렸다.

"아직 죽여야 할 사람이 한 명 더 남아 있잖아…."

나는 결국 그날 오후, 어머니께 연락해서 김포로 가는 비행기 표를 샀다. 그리고 저녁에 곧바로 토익 학원에 등록했다. 나는 요즘 작은 출판사에서 교정 업무를 보고 있다. 때때로 글을 다시 써볼까, 하는 생각도 들지만, 그 소녀와의 일만큼은 결코 쓰고 싶지 않다.

Episode

———————— 마리모

여전히 날이 밝았다.

이러면 마음 편히 집에 돌아갈 수가 없잖아, 라고 나는 생각했다. 진작 해가 땅 밑으로 꺼져버렸더라면, 내가 죄책감 때문에 시커메진 그림자 따위를 드러낼 필요도 없었을 텐데 말이다.

장차 치를 시험이 고시도 아니면서 자신을 고시생이라고 떠드는 아이러니. 속히 이곳을 떠나기 위해 나는 열람실 책상 위에 층층이 쌓인 수험서를 한 권씩 가방에 넣었다.

「국어 교육학 개론」, 「학교문법 교육론」, 「말하기·듣기의 이해」, 「문학교육의 단상」, 「실천적 글쓰기 지도에 대하여」….

어차피 내일이면 또 이 자리에서, 다 펴보지도 못할 이 책들을 쌓아두고, 오늘처럼 이 페이지에 밑줄이나 긋는 공부를 할 텐데 나는 매일 왜 이것들을 짊어지고 돌아가는 것일까.

그 이유는 여기가 달마다 돈을 내고 공부하는 스터디 카페가 아니기 때문이다. 임용고사에 응시한답시고 졸업 후

본가에 붙어 지내는 세월이 어느덧 이 년째, 엄마의 한숨 소리를 들으면 돈 달라는 말은 꺼내기도 무섭다. 이런 내게 스터디 카페는 사치다. 조용히 52번 마을버스나 30분 타고 와서 어느새 졸업장도 잃어버린 캠퍼스를 어슬렁대다가 중앙 도서관에 처박히는 게 최선일 뿐.

오늘따라 정수리에서부터 찌릿찌릿한 통증이 머리통 전체로 뻗쳐 영 공부할 컨디션이 아닌 나는 평소보다 일찍 자리를 정리했다. 그런 나를 열람실 왼편 창가 자리에서 씹던 껌처럼 붙어사는 남학생이 힐끔 곁눈질로 쳐다보더니, 다시 제 책을 들여다본다.

나도 안다. 패배자가 해 떠 있는 시간에 도서관 밖으로 도망치는 일은 죄악이라는 것을…. 하지만 오늘은 정말 너무, 너무 머리가 아픈걸.

문을 여닫을 때도 조심해야 한다, 도서관에서는. 육중한 철제문을 그냥 닫았다가는 문짝끼리 쾅 부딪치는 소리에 이용객들의 미간이 찌푸려지기 일쑤니까. 그러면 다음 날 내 자리에는 엄청난 양의 포스트잇이 다닥다닥 붙을 게 분명하다. '매너를 지키는 당신이 아름답습니다.'라든가, '문 좀 조심히 닫아주세요.' 혹은 '님 좀 짱이신 듯!'과 같은 완곡한 부탁과 명령, 비아냥이 뒤섞인 메모가 산더미처럼 말이다.

내가 잠시 거둔 호흡을 다시 시작하는 때는 열람실 문이 완전히 닫히고 나서이다. 그제야 비로소 참았던 숨을 허파에서 가지 치고 나간 꽈리에서부터 끌어 올려 후, 하고 큰 소리로 뱉어내는 것이다.

왜냐하면 같은 도서관이라도 열람실 밖은 또 다른 세계니까. 그곳에서는 무음 모드가 아니어도 자유롭게 휴대폰 게임을 하는 사람부터, 오른손마다 캔을 들고 담소를 나누는 무리까지 사람들은 제각각 온갖 소리로 자신을 치장하며 건강한 존재감을 드러낸다. 이들을 보면 열람실 안에서는 말라비틀어진 북어 같던 나도 물 만난 활어처럼 헤엄칠 수 있을 거라는 착각까지 들 정도다.

그리하여 나는 오후 네 시에 거리로 나왔다. 졸업하고도 한참이나 묵어버린 내 눈에 비친 캠퍼스의 겨울은 황량하기 짝이 없었다. 영하의 날씨임에도 공부하다가 졸면 안 된다며 일부러 걸치고 나온 까만 경량 패딩은 사정없이 부는 칼바람을 막기 역부족이었다. 이제는 딱히 지퍼나 단단히 올리는 수밖에는 도리가 없었지만….

가로수는 앙상한 가지가 드러났음에도 짚으로 엮은 옷

조차 두르지 못하고 그저 떨고만 있었다. 이음매가 안 맞는 보도블록 사이로 여전히 녹지 못한 얼음 부스러기가 여기저기 눈에 띄었다.

'해가 갈수록 더 추워지는 것 같아….'

손톱 끝까지 빨개진 손을 호호 불며 나는 이런 생각을 했다. 본래 한 살 더 먹을수록 추위를 부쩍 타는 건지, 수험생의 마음은 그저 시리기에 시험에 낙방할 때마다 겨울이 상대적으로 춥게 느껴지는 건지, 아니면 이상기후의 여파로 극렬해진 한파가 우리나라를 덮친 건지 이유는 도무지 알 수 없었지만 말이다.

집에 돌아가기 위해서는 다시 52번 마을버스를 타야 했다. 중앙 도서관에서 나와 대학 본부를 지나서 쭉 걸어가면 정문이 보인다. 거기를 지나쳐 오른쪽으로 방향을 꺾으면 바로 버스 정류장이다. 몸살 기운이 도는지 이제 등줄기에 식은땀까지 흘러서 발걸음을 재촉했다.

그런데 정문 언저리, 못 보던 노란 파라솔 아래로 한 무리 사람들이 모여 있는 광경이 눈에 들어왔다. 웬 남녀가 짝을 지어 파라솔만큼이나 노란 테이블을 펼쳐놓고 뭐라 떠드는 와중에 학생들이 주변에 모여 뭔가를 받아 챙기느라 북새통이 따로 없었다. 나는 그 물건의 정체가 궁금했다. 그래서 수선스러운 틈바구니에 내 머리를 억지로 끼워 넣었다.

그때였다.

"아이고, 여기 예쁜 여학생도 왔네! 고립·은둔 청년 희망 나누기 캠페인에 관심 있어요? 그래서 온 거죠?"

캠페인의 진행자로 보이는 남자는 다짜고짜 나에게 말을 붙였다. 그는 어깨에 '고립·은둔 청년에게 희망을'이라는 문구가 박힌 띠지를 두르고 있었다. 나는 당황해서 아무 대답도 하지 못했다. 옆에 있던 여자는 정해진 수순처럼 내게 파일을 내밀었다.

"캠페인 동참한다는 명부예요. 이 칸에 서명하세요."

나는 엉겁결에 뭐가 뭔지도 모르면서 여자의 손가락이 가리키는 자리에 이름을 적었다.

"최유연 씨, 고맙습니다. 저쪽에서 선물 받아 가세요!"

남자는 쾌활하게 인사를 했다. 여자는 왼쪽에 있는, 커다랗고 노란 상자에서 훨씬 더 작고 노란 상자를 꺼냈다. 그리고 그걸 내 손에 쥐여주었다.

"좋은 하루 되세요!"

"'좋은 하루 되세요'는 비문인데…."

이제는 버스킹까지 시작했는지 아까보다 더욱 혼잡해진 사람들 사이를 겨우 비집고 나오며 나는 중얼거렸다.

고립·은둔 청년 희망 나누기 캠페인이라니. 대학 입구에서 그들을 위한 서명을 받아 보았자 정작 고립·은둔 청년들은 알지도 못할 것이고, 설령 알게 된다고 할지언정 기뻐할 리도 없다. 서명을 받는다고 그들의 삶이 달라질까? 이렇게 많은 이들이 당신의 새로운 출발을 기다리고 있어요. 그러니 힘내세요! 풋, 우습기만 할 뿐이다.

그게 아니라면 나 같은 꼴의 장수생들에게 부디 고립·은둔 청년으로 나가떨어지지 말라고 전하는 간접적 메시지인 걸까? 이런, 씨발!

나는 울컥 치밀어 올라 그들이 건네준 노란 상자를 집어 던지려다가 내려놓았다. 이렇든 저렇든 이건 정말 오랜만에 받은 선물이었기 때문이다. 두툼하니 제법 질이 좋아 보이는 노란 종이 상자를 연한 상아색 리본으로 장식한, 오직 나만을 위한 선물. 비록 내 서명과 맞바꾼 건 사실이지만….

어쨌거나 수험 생활이 길어지면서 나는 최근 생일에도 선물은커녕 미역국조차 얻어먹은 적이 없었다. 나 역시 그날이면 괜스레 집에 있기가 민망해 평소보다 더 일찍 도서관으로 도망치기 일쑤였다.

아스팔트에 떨어지는 빗줄기처럼 터덜터덜 발걸음을 옮겨 도착한 버스 정류장의 벤치에 앉아 나는 리본을 풀고 상자 뚜껑을 열었다. 그 안에는 연한 갈색 코르크 마개로 입구를 막은 작은 유리병이 하나 들어 있었다. ― 마치 딸기 잼이라도 들어 있을 만한 모양새의 ― 그런데 그 안에 들어 있는 내용물은 잼이 아니었다. 푸딩도 아니었다.

그것은 결코 인간이 먹어 치울 수 없는, 초록색 둥근 덩어리였다.

마리모.

색깔 고운 모래가 깔린 투명한 바다 위에서 물의 아주 미세한 흐름에도 복슬복슬한 털을 가닥가닥 휘날리는 그것은 마치 식물도, 동물도 아닌 제3의 종인 양, 자기 존재를 드러내었다.

나는 무엇에 홀린 사람처럼 그 모습을 한참 들여다보았다. 그러다 52번 마을버스가 도착한 것을 확인하고, 다급히 노란 상자에 다시 집어넣었다.

'마리모였어.'

나는 집에 도착할 때까지 줄곧 마리모와의 황홀했던 첫 만남을 떠올렸다.

"저녁은 먹었니?"

"네."

엄마는 오늘도 땅거미는 그림자조차 찾아볼 수 없는 부엌 창밖의 풍경을 보면서도 내게 저녁을 먹었느냐고 물었다. 하지만 어디서, 무얼 먹었느냐고는 묻지 않았다. 엄마는 이제 내가 뭘 먹고 사는지, 어떤 옷을 입고 다니는지, 잠은 잘 자는지, 무슨 생각을 하는지 별로 관심이 없는 듯했다. 주식으로 성공하겠다며 퇴직금까지 몽땅 쏟아붓고는, 엉뚱하게 빚만 잔뜩 안고 돌아온 아빠 뒤를 쫓아다니기에도 벅찬 삶이니 그럴 만도 했다.

나는 이 동네 5층짜리 건물들의 복도며 계단이며 화장실은 전부 엄마가 대걸레로 반질반질 윤이 나게 닦고 있다는 사실을 알고 있었다. 그나마도 요즘은 전부 고층 건물들뿐이라서 청소 일조차도 대형 업체 소유의 기계들이 차지하는지라 수입이 줄어들고 있다는 사실도 알고 있었다.

그러니 엄마에게 서운하다고 말해서는 안 되었다. 엄마의 딸이라면… 차마 그럴 수는 없는 일이었다.

안방 문이 닫히는 소리와 거의 동시에 후, 길게 내뱉는 한숨이 이어졌다. 그 소리에 나까지 호흡이 턱 가로막혀 도망치듯 작은방으로 뛰어들었다. 방문을 닫아 견고하게 쌓아 올린 성벽. 이제부터 여기는 나만의 세계다.

〈마리모에 대해 아시나요?〉

마리모는 담수에 사는 녹조류의 일종입니다. 뭐, 설명이 너무 어렵다고 느껴지신다면 물이끼 정도로 생각하셔도 상관없어요.

많은 사람이 수많은 물이끼 중에서도 유독 마리모를 특별하게 생각합니다. 그 이유는 역시 마리모의 둥글둥글한 구 형태 때문이지요. 이렇게 독특한 생김새를 지닌 마리모는 일본 홋카이도 지방 아칸 호수에서 처음으로 발견되었습니다.

이곳에서 서식하는 마리모는 무려 직경 30cm까지도 자랄 수 있다고 합니다. 그러나 너무 크게 자라면 햇빛을 받지 못하는 안쪽 개체가 말라 죽어서 조직이 무너지게 되지요. 그렇지만 신기한 점은 살아있는 개체끼리 모여 다시 작은 구, 즉 하나의 조그만 마리모가 되어 처음부터 생을 시작한다는 사실입니다. 결론적으로 마리모는 성장과 소멸을 거쳐 또다시 성장과 소멸을 거듭하는 생의 순환을 보여주는 생물인 셈입니다. 이 얼마나 놀라운 일인가요!

그뿐만 아니라 학자들은 광합성이 활발할 때는 얼마든지 가능한 일이라며 낭만 한 점 없이 설명하지만, 일 년에 두세 번 마리모는 스스로 바닥에서 수면으로 떠오르기도 한다고 전해진답니다. 마리모 외에 물 위로 솟구쳐 오르는 수초가 또 어디 있을까요! 그래서일까요? 일본인들은 마리모가 물에 떠 있는 모습을 보는 이에게는 행운이 찾아온다고도 하고, 사랑이 이루어진다고도 하며, 혹은 오랜 소원이 이루어진다고도 말한답니다.

동봉된 설명을 읽고 나는 마리모와 함께라면 내게도 분명 좋은 일이 생길 거로 생각했다. 언젠가 마리모가 물 위에 떠올라 내게 '그동안 감사했습니다.'라고 인사를 건네며 마치 램프의 요정 지니처럼 소원을 말해 달라고 이야기하는 모습을 볼 수 있겠지. 지극히 낮은 확률이란 건 알지만 살짝 기대가 생겼다. 그날이 오면, 나도 지금의 이 지긋지긋한 생활에서 탈출할 수 있을지도 몰라.

나는 마리모가 담긴 유리병을 소중히 침대 옆 삐걱대는 나무 협탁 위에 올려두었다. 그리고 가늘고 긴 포스트잇에 '유연의 마리모'라고 써서 유리병 앞면에 척 붙였다.

다음 날은 우주의 모든 신들이 대한민국에 총출동한다는 대학수학능력시험일이었다. 천계의 고귀한 신들은 물론이요, 지하의 잡신들까지 모두 전국의 수험생들과 그들의 부모, 친지, 지인들이 수능 대박을 빌어대는 염원에 이끌려 지상에 내려와선지 온 세상이 냉기로 꽁꽁 얼어붙었다.

덕분에 나는 최근 들어 가장 추운 날씨임에도 불구하고 10년 전에 산 낡은 점퍼 쪼가리나 걸쳐 입고 도서관으로 향했다. 입에서는 도넛 같은 하얀 김이 절로 피어올랐다. 어김없이 찾아온 수능 한파. 미디어는 학생들의 수험 경쟁인 수능 시험은 그날의 일기까지도 뉴스로 다루면서도, 예비 교사들의 선발 고사인 임용고사 따위는 보도조차 하지 않는다.

하지만 푸념만 하고 있을 수는 없었다. 얼른 1교시 국어 영역이 끝나길 기다려야 했다. 공개되는 시험지와 답안지를 바탕으로 한국교육과정평가원의 기출 경향을 분석해야만, 곧이어 다가올 임용고사는 어떤 식으로 출제될지 예측할 수 있기 때문이다. 물론 두 번이나 비켜 나간, 불운한 예측이었지만.

그러나 출력한 국어 영역 문제는 좀처럼 풀리지 않았다. 분명히 다 읽은 소설 지문에 딸린 문학 문제조차도 정답이 긴가민가했다. 심지어 답안지의 정답을 확인해도, 이해되지 않는 건 마찬가지였다.

'올해도 끝장이야….'

머릿속이 새하얘졌다. 열람실 안에는 나와 인쇄실 프린터에서 막 탄생한 시험지만이 남겨진 기분이었다. 눈앞에는 문항에서 튀어나온 시커먼 활자들이 여전히 마르지 않은 잉크를 튀기며 빙글빙글 돌았다.

'최유연 병신병신병신병신병신병신병신…!'

우당탕!

나는 그만 의자가 뒤로 넘어지면서 바닥에 내동댕이쳐졌다. 열람실에서 책에만 고정되어 있던 눈들이 일제히 내 쪽을 향했다. 나는 재빨리 일어나 여기저기를 두리번대며 고개를 연신 꾸벅댔다. 아프다기보다 부끄러웠다.

그리고 외로웠다.

나를 일으켜주는 사람은 단 한 명도 없었다.

집에 돌아와 나는 옷을 모두 벗고 거울에 몸을 비추어 보았다. 오른쪽 허리에서부터 궁둥이까지 시퍼런 물감이 표피에 퍼져 나간 것처럼 얼룩덜룩했다. 그때는 아픈 줄도 몰랐건만, 막상 눈으로 확인하니 멍든 자리에서 견딜 만은 하지만, 한편으로는 견디기 힘든 욱신거림이 느껴졌다. 어쨌거나 타박상은 분명했다.

'단 한 명도 없었어.'

외로웠다. 수험 생활은 책이 아닌, 외로움과의 싸움이다. 책상에 홀로 앉아 누가 더 외로움을 잘 참는지 시합하는 게 이 시험의 목표이다. 어차피 하루 24시간은 모두에게 평등하게 주어지니까.

문득 마리모에 시선이 갔다. 내 손바닥보다 작은 유리병 안에서 어떤 불순물도 섞이지 않은, 순수한 물속에 침잠하여 고독을 견디는 마리모가… 어쩌면 저 마리모는 나보다 더 외로울는지도 모른다.

나는 절로 한숨을 쉬며 홀딱 벗은 몸뚱이로 침대에 걸터앉아 휴대폰으로 '마리모', '친구', '합사', '반려 식물' 등을 검색했다. 그러다가 이런 광고와 마주치게 되었다.

물 생활하시는 집사님들을 위한 희소식!
아직도 체리새우와 마리모의 케미를 모르신다고요?
나만의 힐링을 원한다면 지금 당장 클릭!

마리모 + 체리새우 키우기 세트 : 20,000원
마리모 키우기 세트 : 12,000원
체리새우 키우기 세트 : 15,000원

'마리모와 체리새우를 함께 기른다는 건가?'

광고 문구 아래 딸린 총천연색 사진 속에는 우리 집 마리모처럼 가느다란 털이 숭숭 달린 푸른 공 위에 작고 빨간 새우 한 마리가 앙증맞게 앉아 있었다. 그 모습이 마치 내 눈에는 지구 밑바닥까지 홀로 추락한 마리모를 체리새우가 어루만져주는 것 같아 마음이 달큰하니 시렸다.

사실 바닥에서 허우적대는 건 마리모가 아닌, 나라는 사실을…. 그래, 모르지 않았다. 내가 임용고사를 준비하는 까닭은 좋은 교사가 되고 싶다는 사명감이 있다든가, 교육계에 새바람을 일으키고 싶다는 꿈이 있다든가, 하는 그럴듯한 이유에서가 아니었다. 그저 이게 아니면, 할 수 있을 법한 일이 없어서였다.

사범대를 나온 것도 아니었다. 나는 지방국립대 경영학부에서 별 뜻도 없이 그 누구도 하지 않는 – 경영학부 학생들은 대개 금융권 취업을 희망하기에 – 교직 이수를 했고, 단지 졸업 자격을 맞추기 위해 국어국문학 복수 전공을 했다. 그조차 경영대학 바로 옆에 인문대학이 있어 오가기에 편했고, 인문대학에 속한 영문과·독문과·일문과 등의 많은 전공 중 그나마 국문과가 한국어니 쉬울 거라는 착각에서 비롯된 선택이었다.

이런 엉터리로 짜깁기된 졸업 증명서를 쥔 상태에서 별다른 스펙도 없이 도전할 수 있는 일이라고는 그나마 발급받은 2급 정교사 자격증으로 치를 수 있는 임용고사뿐이었다. 국·영·수 중심의 교육과정이 운영되는 대한민국이기에 주전공인 경영학부에서 교직 이수를 하면 치를 수 있는 '상업' 교과의 T.O보다는 복수 전공인 국어국문학과에서 교직 이수를 하면 치를 수 있는 '국어' 교과의 T.O가 훨씬 더 많았다. 내가 국어 교사가 되기로 결심한 건 너무나 당연한 결과였다.

'수험생'이라는 명분으로 취업을 유예하는 순간부터 나는 곧바로 집에서는 기생충, 도서관에서는 지박령(地縛靈)으로 전락했다. 발을 내딛는 어디에도 빛이 들지 않았고, 어디에서도 환영받지 못했다. 바보 같은 선택이었다. 그래서 나는 이럴 바에는 조금 더 멋있어 보이는 '고시생'이라는 신분을 선택하기로 했다. 물론 내가 준비하는 시험이 고시는 아니었지만.

이번에도 홀린 것처럼 조금 전 그 광고를 내건 사이트에서 체리새우 한 마리 기르기 세트를 주문했다. 마리모를 기르는 어항에 넣어줄 생각이었다.

"가시나야, 옷 빨리 안 입냐? 날도 춥구먼."

방문을 열고 들어온 엄마가 나를 보고서는 볼썽사나운지 얼굴을 찌푸렸다. 그리고 초승달 모양으로 깎은 사과 한 접시를 바닥에 내려놓고 다시 밖으로 나갔다.

그 표정을 보고서야 나는 비로소 내가 실오라기 하나 걸치지 않은 맨몸이라는 사실을 깨달았다. 늘 회색 후드 티에 검은 트레이닝복 바지를 입고 도서관을 오가던 요즘이었다. 최근 나는 샤워할 때나 옷을 갈아입을 때 말고는 내 알몸과 대면한 일이 없었다. 방금도 그냥 잠옷으로 갈아입으려다 넘어진 신체 부위를 확인하려고 거울에 벗은 몸을 비춰보았을 뿐, 결코 내 존재를 확인하기 위한 목적은 아니었다.

갑자기 시험에서 탈락한 이후로 견고한 상자 안에 넣어 자물쇠까지 걸어 잠근 후 봉인해 두었던 섹스 생각이 났다. 대학 시절, 전 남자 친구와 함께 보았던 장 자크 아노(Jean Jacques Annaud) 감독의 영화 〈연인(The Lover)〉의 격렬한 정사 장면도 떠올랐다. 동시에 그가 내 위에 올라타 목이 부러지라고 조르던 모습이 오버랩됐다. 심장이 미친 듯 뛰었다. 호흡이 가빠졌다.

"자위하고 나면 항상 허무함만 남아."

전 남자 친구가 나와 처음 섹스하기 전, 했던 말이었다. 그는 섹스를 참 좋아했다. 남자라면 아니, 인간이라면 모두 그럴 테지만….

나는 대학에 갓 입학하고 철모르는 새내기일 때 그를 처음 만났다. 그는 군대에서 제대한 지 두 달이 지난 복학생이었다. 경영학부와 경제학부가 함께 가는 연합 M.T의 밤, 그는 나와 달리 경제학부 2학년 선배들이 모여 있는 자리에 앉아 있었다. 그러더니 갑자기 경영학부 새내기들이 모인 우리 쪽으로 건너와서 아직 수강 신청하는 법도 모르는 나와 친구들에게 자기는 세무사 시험을 준비하는 중이라고 떠벌렸다.

"인생의 로드맵은 스스로 짜야 하는 거야."

그렇게 말하면서 양해도 구하지 않고 마일드세븐을 입에 무는 모습이 스무 살에는 참 멋있어 보였다, 등신처럼. 그리고 비운 소주잔에 담뱃불을 비벼 끄더니 그 많은 사람 앞에서 느닷없이 내게 키스했다. 그 뒤로 우리는 사귀는 사이가 되었다.

그가 피우는 담배 냄새가 배어들어 벽지가 누레진 자취방에서 나는 늘 그와 섹스했다. 첫 경험을 할 때도 나는 느

낌으로 알 수 있었다. 나에게 그는 첫 남자지만, 그에게 나
는 처음이 아니라는 사실을….

그는 아주 능숙하게 브래지어 끈을 풀었고, 예상치 못한
사고처럼 맞닥뜨린 관계를 미처 준비하지 못한 내게 "위아
래 속옷이 왜 짝짝이야?"라며 핀잔을 주었다. 그리고 내가
적당한 대답을 찾지 못해 우물쭈물하고 있을 때, 바로 청바
지를 벗기며 어떤 애무나 전희도 없이 바로 삽입했다.

고통뿐인 섹스였다. 진심으로 아파서 울부짖는 내 비명
이 그에게는 절정에 다다른 상대의 환희로 들리는 듯했다.
무엇보다 고고히 지켜온 처녀성을 바치고 눈물 흘리는 여
자를 정복했다는 쾌감에 그는 무척 만족했다.

그러나 쾌감은 곧 분노로 바뀌었다.

"야, 너 왜 피가 안 나?"

처녀를 거머쥐면 남는 게 마땅하다는 그 증명이, 우리 관
계 이후에는 어디에도 보이지 않았다. 내 첫 남자가 그라는
건 정말 사실이었다. 하지만 그는 믿지 않았다.

"씨발년이!"

그는 내 뺨을 철썩 후려쳤다.

"이년이 연기를 존나 잘하네?! 씨발, 걸레 같은 게."

이후로도 그는 내 뺨을 번갈아서 두 대나 더 때렸다. 나

는 내가 홀딱 벗겨진 채 왜 맞아야 하는지 영문을 알 수 없었다. 두 다리 사이로는 그가 내 몸 안에 사정한 액체가 흐르고 있었다.

그는 벌거벗은 채로 담배에 불을 붙이더니 내리 두 대를 피웠다. 그런 다음 허공에 대고 연신 욕지거리를 해댔다. 한참을 그렇게 발광한 후에야 그는 비로소 진정된 것 같았다. 그리고 다시 씨발년을 외치며 내게 달려들었다.

이제 와 돌이켜보면 그는 결코 나만의 체리새우가 아니었다. 분명히 첫 만남에서 세무사 시험을 준비한다고 말했던 그였지만, 나는 그가 중간고사 공부를 하는 모습조차 본 적이 없었다.

그는 늘 PC방, 당구장, 볼링장, 노래방, 아니면 술집에 있었다. 그렇지 않으면 나를 자취방에 불러들여 섹스하곤 했다. 그때마다 "씨발년아, 너도 잘하잖아! 처녀도 아닌 게 왜 이렇게 뻣뻣하게 굴어!"라는 폭언을 일삼으며 제가 하고 싶은 대로 나를 난폭하게 다루었다.

딱 한 번, 섹스 후 그에게 앞으로는 피임을 위해 콘돔을 사용하는 게 어떻겠느냐고 물은 적이 있었다. 그는 역시나 희뿌연 담배 연기만 내 얼굴에 뿜어대며 이따위 소리나 지껄였다.

"그런 건 여자가 알아서 해야지."

그 뒤로 나는 매일 알람을 맞춘 후, 시간마다 피임약을 복용했다.

모든 면에서 나를 갉아먹는 관계라는 걸 알고 있었다. 친구들의 다정다감한 애인이 부럽기도 했다. 그런데도 그를 끊어내지 못했던 건, 누가 봐도 준수한 그의 외모, 오직 그하나 때문이었다. 그는 나를 꼭 끌어안고도 남을 만한 넓은 어깨를 지니고 있었고, 훤칠한 키 때문인지 내가 어디에 있어도 곧바로 "최유연!"이라고 이름을 불렀다. 아버지가 주한미군이었다는 그는, 백인의 피가 몸에 흐르고 있어선지 눈두덩이가 남들보다 깊고, 속눈썹이 아주 길었다. 비록 장난감 취급을 받을지언정 이런 남자의 애인이라는 사실이 좋았다. 그때 나는 고작 이십 대 초반이었으니까, 그리고 첫 연애였으니까.

졸업만을 남긴 마지막 학기, 가을이었다. 나는 첫 임용고사를 앞두고 있었다. 그와의 만남 외에는 불필요한 연락을 최소화하고 지금처럼 중앙 도서관에만 틀어박혀 있던 시절. 그래도 아직 수능까지는 시일이 남아 있어선지 지상에

맴도는 공기가 아주 차갑지만은 않은 때였다.

그날 나는 처음으로 생리라고 말하기엔 너무 양이 적은, 적갈색의 혈흔을 팬티에서 발견했다. 그리고 마땅히 치러야 할 일을 시작할 날짜가 한참 지났다는 사실도 깨달았다.

불안한 마음에 홀로 산부인과를 찾았다.

"최유연 님, 축하합니다. 임신이에요."

흰머리가 몇 가닥 돋은, 차가운 금테 안경을 낀 남자 의사는 겉모습과는 다르게 자상한 아버지 같은 목소리로 내게 축하 인사를 건넸다. 그러면서 속옷에서 확인한 혈흔은 착상혈일 테니 너무 걱정하지 말고, 임신 초기이니 안정을 취하라는 조언도 함께 했다.

얼떨떨한 기분이었다. 분명 피임약을 먹었는데… 최근 도서관에만 있느라고 시간관념이 흐려져 불규칙하게 복용했던 탓일까. 내 몸 안에 나도 알아채지 못한, 또 다른 생명이 자라고 있다는 사실이 믿기지 않았다.

대체 언제 찾아온 걸까? 날짜를 어림해 보았다. 아마도 몇 주 전, 그가 또 술에 취해 나를 범했던 밤 같았다.

나는 그에게 전화를 걸었다.

"오빠."

"누구세요?"

다른 여자의 목소리였다. 심장이 쿵쿵 빠르게 뛰었다. 이젠 나만의 심장이 아니라 아이의 심장도 함께였다.

"승우 오빠 휴대폰 아닌가요?"

"맞아요."

그의 휴대폰을 대신 받은 여자는 거침없이 대답하면서 까르르 웃었다. 주변에서는 시끄러운 음악 소리와 함께 여러 남녀의 소란스러운 말소리가 들려왔다.

"아, 줘 봐."

한참을 여자와 옥신각신하더니 드디어 그가 전화를 받았다.

"누구야?"

"저예요, 유연이."

그는 전화를 건 상대가 나라는 사실을 알고도 조금도 당황하지 않았다. 자신이 다른 여자와 함께 있다는 걸 내가 알아도 우리 사이에 달라질 건 없다는 듯.

"무슨 일이야?"

오히려 그는 한참 흥이 올라서 노는 중에 내 전화로 흐름이 끊겨서 짜증이 난 모양이었다. 그래서인지 신경질을 잔뜩 내며 용건을 물었다.

"할 말이 있어요."

"뭔데?"

"만나서 해야 하는 이야기예요."

순간 휴대폰 너머로 메아리치던 소음이 뚝 끊겼다. 나는 그가 전화를 끊어버린 건 아닌지 잠깐 의심했다.

조금 뒤, 그의 목소리가 다시 들렸다. 그는 자리를 옮긴 듯했다.

"씨발…. 설마 임신이라도 한 거야?"

짜증과 초조함을 마구 섞어 던진 그 질문에 나는 뭐라고 대답해야 할지 잠깐 고민했다. 그는 눈치가 빠른 편이구나.

"…네."

"어떻게 해야 하는지 알지? 유연아, 너도 그 정도는 알지?"

그날이 처음으로 그가 나를 '최유연'이 아닌, '유연아'라고 부른 날이었다.

그 전화를 마지막으로 나는 혼자가 되었다. 내 자궁 안에서 들리지도 않는 미약한 음으로도 힘차게 뛰던 심장은 의료 폐기물이 되어 버려졌고, 나 역시 그에게 한날 섹스 토이에 불과했음이 명확해졌다. 그도 내게 연락하지 않았지만, 나 역시 그를 의식 밖으로 내쳐야 한다는 사실을 받아들여야 했다. 그는 진정 개새끼였다.

내가 괴로워하는 순간에도 그는 내가 아닌, 다른 신입생과 함께 경영대 뒤 펍에서 맥주를 들이붓고 있었다. 분명 저 술을 다 마시고 나면, 나와 잤던 그 자취방에서 저 둘이 섹스하겠지. 상상만 해도 가슴이 터질 것만 같았다.

나는 그해 임용고사에서 결국 보기 좋게 떨어졌다. 예상했던 그대로였다. 나는 안다. 지금의 외로움을 극복하지 못한다면, 나는 영원히 이 시험에 합격하지 못하리라는 것을….

어항 바닥에 홀로 가라앉아 숨 쉬는,
마리모다.
나는….

이틀 뒤, 주문했던 체리새우 한 마리 기르기 세트가 택배로 도착했다.

단 하나의 마리모, 단 한 마리의 체리새우.
부디 서로 사랑하기를.

나는 유리병을 집어 들자 일렁이는 물결에 짧은 촉수처럼 뻗은 솜털이 흔들리는 마리모를 위해서, 방금 도착한 작고 붉은 새우 한 마리를 곧바로 넣어주었다. 행여나 숨을 쉬지 못할까 봐 코르크 마개와 유리병 사이는 살짝 띄워두었다. 물의 양도 충분하고 산소 공급도 원활했다. 마리모가 광합성을 할 수 있도록 적당한 밝기의 LED 스탠드도 유리병 위에 켜 두었다. 이제 모든 게 완벽했다. 마리모와 체리새우만의 우주가 탄생한 것이다.

하지만 둘 다 더 이상 외롭지 않을 거라는 나의 기대와 다르게 체리새우는 좀처럼 마리모 곁에 다가가지 않았다. 마리모가 아닌, 유리병 바닥에 깔린 모래나 굴리며 혼자 놀고 있을 뿐….

나는 조금 실망스러웠다. 하지만 이제 둘은 처음 만났으니까, 곧 익숙해질 것이라 믿으며 딸깍 방문을 닫고 도서관으로 향했다.

학교까지 52번 마을버스로 30분. 공대 쪽문에서 내려서 또 캠퍼스를 가로질러 15분을 더 걸어야만 내가 공부하는 중앙 도서관에 도착한다. 개교한 이후로 리모델링을 한 번도 하지 않았다는, 낡은 도서관. 벽에 대충 칠한 흰색 페인

트가 머금은 냉기 때문인지 이곳은 한여름에도 서늘하다. 그래서 요즘 같은 11월 중순에는 히터를 가동한다고 해도 새끼발가락부터 시리다 못해 저리는 걸 누구라도 모르진 않겠지. 그렇다고 집구석 전기장판 위에서 마냥 누워 있을 수만은 없지 않은가. 이제 정말 임용고사가 멀지 않은 탓이다.

'내일부터는 수면 양말을 신고 와야겠어.'

간신히 마음을 다잡고 다시 책에 집중하려 할 때였다. 머릿속에 오규원의 시 〈죽고 난 뒤의 팬티〉를 억지로 욱여넣는 중이었다.

"아아, 학우 여러분! 들리십니까?"

건물 밖에서 누군가 확성기를 잡고 캠퍼스가 쩌렁쩌렁 울리도록 외치기 시작했다. 그는 사람들에게 자기 목소리가 들리냐고 물었다. 물론 너무 잘 들려서 탈이었다. 고요하던 열람실 내부가 술렁였다.

"학우 여러분께 간곡히 호소할 일이 있어서 이렇게 결례를 범합니다. 기말고사 기간, 모두 바쁘시겠지만 잠깐만 제 이야기를 들어주신다면 감사하겠습니다."

바깥에서 무어라고 목소리의 주인공을 비난하는 또 다

른 목소리도 들렸다. 싸움이 났나 싶어서 열람실 안의 몇몇
은 창문을 열고 내다보기도 했다. 나는 두 손으로 귀를 막
고 오규원의 시만 계속 노려보았다.

'…나는 겁쟁이가 되었습니다, …나는 겁쟁이가 되었습
니다, …나는 겁쟁이가 되었습니다.'

첫 행만 계속 죽어라 읽고 있는데 그의 말이 이어졌다.

"안녕하세요, 저는 정치외교학부 19학번 김재원입니다.
제가 이렇게 확성기를 든 까닭은 다름이 아니라, 저의 쌍
둥이 여동생을 위해서입니다. 제 여동생은 얼마 전 본교의
15학번 경영대학 선배로부터 성폭행을 당했습니다. 그것
도 신성한 캠퍼스 내에서 말입니다."

열람실 안 사람들은 사연을 듣고 잠깐 멈칫하는 듯했다.
계속 창문을 열고 경청하는 이들도 있었다. 반면, 귀마개를
끼거나 대놓고 "창문 좀 닫아주세요."라고 요청하는 이도
있었다. 어차피 창문을 닫아도 들릴 정도로 큰 소리였으니
쓸데없는 짓일 테지만.

'15학번, 경영대학….'

나는 순간 머릿속에 누가 떠올랐으나 곧바로 지워버리
곤 다시 〈죽고 난 뒤의 팬티〉 해설을 노트에 정리하기 시

작했다.

"어떻게 신성한 지식 탐구의 장인 캠퍼스 안에서 이런 일이 벌어질 수 있는 것일까요? 제 여동생은 본의 아니게 강의가 끝난 후 귀가하려던 길에 친한 선배라고 믿었던 사람에 의해 빈 강의실로 끌려가 참담한 범죄의 희생양이 되고 말았습니다. 물론 경찰에 당연히 신고하였고 법의 처벌을 기다리는 중이긴 하나, 그 선배라는 인간은 뻔뻔하게도 제 여동생을 꽃뱀으로 모는 거짓된 소문을 퍼뜨리면서 지금도 2차 가해에 여념이 없습니다. 여러분, 그 인간 같지도 않은 자의 이름은 경영대학 경제학부 15학번 지승우입니다. 여러분, 지승우입니다. 기억해 주십시오. 지승우는 제 여동생을 성폭행한 것도 모자라서 뻔뻔하게 2차 가해를 저지르는 파렴치한입니다. 꼭 정당한 죄의 벌을 받을 수 있도록 학우 여러분들께서 도와주십시오."

뒤이어 확성기에서 삐, 하는 불쾌한 소음과 함께 사람들이 우격다짐하는 소리가 잠깐 이어졌다. 그리고 전원이 팍 꺼졌다.

나는 배터리가 방전된 휴대폰처럼 넋이 나가버렸다. 지승우, 그 이름을 내가 어떻게 잊을 수 있을까. 그는 내 첫 남자이자 내 아이의 아빠였는데….

책상 위에 어깨를 잔뜩 움츠린 채 눈을 꼭 감고 고개를
파묻었다. 아직도 그날의 기억이 생생했다. 몇 군데나 가슴
을 졸이며 전화를 돌렸다. 시내 거의 모든 병원이 불법 낙
태 수술은 실시하지 않는다며 단호히 거절했다. 오직 딱 한
곳, 의사의 이름이 상호에 박힌 산부인과 한 군데만이 금식
하고 오면 해줄 수 있으니 최대한 빨리 오라고 했다.

고맙게도 불법 낙태 수술을 허락해 준 의사는 아주 나이
가 많은 할아버지였다. 나는 홀로 병원에 찾아가 진료실 책
상 건너편 둥근 의자에 앉아 말없이 눈물만 뚝뚝 흘렸다.
의사는 나 같은 여자들을 수도 없이 보았는지 수술에 대해
간단히 설명한 후 간호사에게 동의서를 가져오라고 말했
다. 내가 서류에 사인한 후 끝내 참았던 울음을 터뜨리자,
의사는 대단히 안타깝다는 표정으로 간호사에게 한마디를
던졌다.

"수술비 좀 빼줘라."

얼마 지나지 않아 나는 수술대 위에 올랐고 정신을 잃었
다. 그리고 다시 눈을 떴을 때는 꽃무늬 벽지가 곱게 발린
방 안에서 웩웩거리며 토하는 중이었다. 간호사는 그 옆에

서 내 입 아래에 토사물을 받아내기 위한 트레이를 갖다 대었다. 며칠 동안 아무것도 먹지 못한 덕에 하얀 거품만 보글보글 넘어왔다.

그렇게 나는 그와 내 아이에게 영원히 안녕을 고했다.

조심스레 열람실 문을 닫고, 계단을 내려와 1층 복도를 걸었다. 그리고 중앙 도서관 앞 광장으로 나왔다. 그곳에는 얼마 전까지 확성기를 들고 소리치던 한 남자의 분노가 여기저기 흩어져 있었다. 나는 바닥에 떨어져 있는 전단 중 하나를 주워 들었다.

[고발합니다]

• 범죄자 이름 : 지승우

• 범죄자 인적 사항 : 경영대학 경제학부 15학번

• 범죄 내용 :

경영대학 경제학부 19학번 김○○ 양을 경영대학 24호 강의 실에서 성폭행

김○○ 양을 꽃뱀으로 모는 비열한 언론 플레이를 통해 2차 가 해 중

전단의 제목 아래 크게 실려있는 컬러 사진 속 주인공은 아무리 보아도 나를 '걸레'라고 불렀던 그였다. 세무사 시험을 준비한다더니, 여전히 학교에서 얼쩡거린다는 사실이 놀라울 따름이었다. 물론 나도 마찬가지지만.

"이런 개새끼…."

나는 순간 분노가 치밀었다. 그래서 오른손 검지로 전단에 실린 그의 면상에 박힌 두 눈동자를 콕콕 뚫어버렸다. 마음 같아서는 진짜 눈알이라도 파주고 싶었다.

"혹시 아는 사람이에요?"

곁에서 떨어진 전단을 줍고 있던 남자가 그런 내가 이상한지 말을 걸었다. 아까 연설하던 사람, 아니면 학생회 사람인가? 전단을 모으는 폼이 학교 관계자 같기도 하고…. 아무튼 뭔가 예사롭지 않았다.

나는 순간 이딴 범죄자 새끼에게 놀아났던 지난날이 한심하고 비참해서 견딜 수 없었다. 그래서 아무런 대답도 하지 못하고 그냥 도망쳐 버렸다.

마법처럼 52번 마을버스가 정류장에 바로 도착했다. 나는 서둘러 올라탔다. 심장으로 향하는 커다란 혈관이라도 하나 막힌 양 가슴이 답답했다. 도서관에 간다고 집에서 나온 지 몇 시간도 지나지도 않았건만, 지금은 도저히 공부할 만한 컨디션이 아니었다.

이유 없이 자꾸 눈물이 나오려 했다. 참자, 참자, 참자… 하며 참았더니 이번에는 콧물이 나왔다. 나는 계속 훌쩍이며 버스가 집 근처 정류장에 도착하기만을 기다렸다.

도착한 집은 이상스럽게도 현관이 활짝 열려 있었다. 엄마는 조심성 없는 사람이 아니었다. 무슨 일이 벌어진 게 분명하다는 생각이 들자, 조금 전까지 답답하던 심장이 이제는 마구 요동치기 시작했다. 나는 여차하면 경찰에 신고하자는 생각으로 한 손에 휴대폰을 움켜쥐고 한 발짝 한 발짝 현관에서부터 거실을 향해 조심스럽게 발걸음을 옮겼다.

아니나 다를까, 집 안은 온통 난장판이었다. 부엌과 거실은 도둑이라도 든 것처럼 세간이 온통 뒤집힌 채로 바닥에 나뒹굴고 있었다. 깨진 그릇이며 화분, 흩어진 책들, 부서진 리모컨 등이 격한 다툼이 있었음을 알려 주었다.

그때 안방에서 끙끙대는 신음이 들려왔다. 엄마의 목소리였다. 나는 자칫하면 엄마가 죽을지도 모른다는 생각에 싱크대 서랍을 뒤져 식칼을 꺼냈다. 그리고 아랫입술을 꽉 깨물고는 살짝 열린 안방 문틈 사이로 칼을 겨누며 다가

갔다.

시퍼렇게 번쩍이는 칼날에 비친 풍경은 두 남녀의 정사 장면이었다. 요즘 또 새로운 사업을 한답시고 집에 한동안 코빼기도 비추지 않던 아빠가 하체를 완전히 드러낸 상태였다. 엄마 역시 상의는 입었지만, 아랫도리는 완전히 벗겨진 채였다. 엄마는 바닥에 엎드린 모양새로 두 팔은 아빠에게 붙들려 속절없이 당하는 중이었다.

아빠는 술을 제법 마셨는지 문밖까지 알코올 냄새가 진동했고, 중간중간 씨발년이니 쌍년이니 하는 상스러운 욕을 중얼댔다. 엄마는 저항 자체를 포기한 것처럼 축 늘어져서 가끔 신음이나 내고 있었는데, 그건 결코 교성이 아닌 괴성일 뿐이었다. 그러거나 말거나 아빠는 헤벌쭉 웃으며 흥이 올라 자기 몸에 더욱 힘을 주는 것이었다.

이건 강간이야.

아빠가 엄마를 죽일지도 몰라.

칼을 움켜쥔 두 손이 파르르 떨렸다. 눈앞에는 어지러운 릴스가 재생되듯 토막 난 기억들이 조립되어 스쳐 갔다.

오빠는 세무사 시험 준비하려고. 너 왜 피가 안 나? 걸레 같은 년! 설마 임신이라도 한 거야? 유연아. 제 여동생은 본교의 15학번 경영대학 선배로부터 성폭행을 당했습니다. 지승우입니다. 혹시 아는 사람이에요?

"안 돼, 하지 마!"

나는 칼을 그대로 겨눈 채 고성과 함께 안방으로 뛰어들었다. 흉기의 끝은 정확히 아빠를 가리키고 있었다.

"이년이! 유연이, 너 뭐 하는 짓이야?!"

깜짝 놀란 아빠가 맨손으로 식칼을 움켜쥐었다. 아빠의 손에서 피가 줄줄 흘렀다. 나는 갑자기 모든 기운이 빠져버려 그 자리에 털썩 주저앉았다. 엄마는 하얗게 질린 얼굴로 우리 둘을 바라보고만 있었다.

아빠는 피 묻은 식칼을 창문 쪽으로 집어 던지며 내게 고함을 내질렀다.

"나가! 당장 나가라고!"

나는 그 소리가 마치 고양이가 쥐를 사냥할 때 내는 위협처럼 들렸다. 그래서 겁에 질린 나머지 작은방으로 달아나 문을 잠갔다.

방문에 등을 기대어 허물어지듯 주저앉았다. 바깥에서는 여전히 아빠가 엄마를 겁탈하는 소리가 났다. 이제 엄마는 실낱같은 비명조차 지르지 않았다. 눈을 감자 어지러운 네온의 불빛들이 도깨비불처럼 번쩍이며 지나갔다. 머리가 지끈거렸다. 어디든 안전한 곳이 필요했다.

컴컴한 방,
어둠 속 유일하게 빛나는 곳.
그 바닥에서 숨 쉬는 완전한 구.

나를 감싸 안은 내 어깨 속에 고개를 파묻고 울던 나는 문득 마리모가 떠올랐다.

과연 체리새우와 잘 지내고 있을까?
그 둘이라면 온전히 사랑만 할 수 있을까?

나는 침대 옆 협탁까지 네 발로 어기적어기적 기어갔다. 스탠드의 노란 조명이 오직 둘만을 위한 유리병을 환하게 비추고 있었다. 나는 조심스레 살짝 얹어만 놓은 코르크 마개를 열었다. 그리고 끝이 예감되는 그 속을 들여다보았다.

하지만 기대란 조그맣고 붉은 새우가 가느다란 다리로 굴리던 모래알보다도 헛된 것이었다. 체리새우는 배를 위로 드러내고는 까슬한 바닥 위에서 죽은 뒤였기 때문이다.

이 체리새우는 보나 마나 마리모의 온몸을 뜯어먹었겠지. 마리모는 끔찍한 고통에 절규했을 거다. 그저 초록색 둥근 덩어리라고 생각한다면 오산이야. 마리모가 질러대는 처절한 비명에 체리새우도 금세 흥미를 잃었을 테고, 결국 제풀에 지쳐 떠나고 말았을걸.

나는 식물인 듯 동물인 듯 사랑에 목매어 울부짖는 마리모가 직면한 죽음 앞에서 얼마나 외로울지 안타까워서, 그렇지 않아도 서글펐던 마음이 더욱 슬퍼졌다. 언제쯤 자기만의 진정한 체리새우를 만날 수 있을까, 내 마리모는….

나는 유리병에 손가락을 넣어 차갑게 식은 체리새우의 사체를 꺼냈다. 그리고 방문을 열었다. 이제 모두 잠이 들었는지 들썩였던 집 안도 고요했다.

화장실로 갔다. 불은 켜지 않았다. 나는 망설임 없이 변기에 체리새우의 사체를 집어던진 후 물을 내렸다.

이제 임용고사는 일주일도 남지 않았다. 하루하루 목을

조여오는 압박감에 늘 그랬지만, 공부에 도무지 집중이라 곤 되지 않았다. 몇 번이나 재수강 중인지 모를 교육학 강사는 일침을 놓는답시고 이런 무시무시한 말로 겁을 주었다.

"지금까지 여러분들이 치른 모의고사 중 가장 낮게 나온 점수가 아마도 실전에서 받을 점수일 겁니다. 지금, 당장, 공부하셔야 합니다!"

나도 모르는 바가 아니었다. 그리고 이런 부류의 이야기도 한두 번 들은 게 아니었다. 그런데도 도서관에서 자리만 지키고 있는 걸 보면, 나는 정말 미쳐도 단단히 미친 모양이었다.

휴대폰만 계속 만지작대던 나는 결국 괜스레 눈치가 보여 휴게실로 자리를 옮겼다. 그리고 의자에 걸터앉아 포털 사이트에 '마리모', '체리새우', '합사' 등을 검색했다. 나 외에 다른 많은 사람은 갤러리에 마리모 위에서 체리새우가 한가로이 노니는 사진을 몇 장이나 올리며 자랑하고 있었다.

왜 나는 합사에 실패했을까? 변기 물에 떠내려가 버린 체리새우를 다시 붙잡아 와서라도 이유를 묻고 싶었다.

"체리새우 키우세요?"

옆에서 웬 남자가 말을 걸었다. 어디서 본 듯한 얼굴. 떠올리려 하면 떠오를 법도 한데 지금은 당최 누구인지 떠오르질 않았다.

"저도 한때 체리새우를 키웠어요. 폭번했더랬죠."

"폭번이요?"

난생처음 들어보는 말이었기에 나는 남자에게 그 말을 되물었다.

"아, 폭발적 번식이요. 진짜 어마어마했어요. 나중에 너무 많아져서 당근에 팔기까지 했다니까요. 새우로 재테크를 했달까?!"

남자는 자기가 이야기하면서도 우스운지 풋, 웃었다.

"저는 마리모를 키워요."

나는 대답했다.

"어?! 체리새우 보고 계시던데…. 하긴, 마리모와 체리새우가 궁합이 잘 맞죠. 저도 체리새우 키우면서 어항에 수초랑 모스 볼 많이 넣어줬거든요. 필수템이잖아요."

뭐라고 대꾸할 말이 떠오르지 않았다. 이 남자는 갑자기 왜 남의 휴대폰을 들여다보고는 말을 거는 걸까? 불쾌하기도 했다. 자리를 옮겨야겠다는 생각에 나는 일어섰다.

"네, 실례할게요."

"어, 혹시 기분 나쁘셨어요? 그렇다면 죄송합니다. 그냥 전에 마주친 분 같아서 반가운 마음에 말을 걸었네요. 제가 실수했나 봐요."

우리가 마주친 적이 있었나, 역시 그랬구나. 나는 조금 전부터 그 남자가 낯이 익은 이유가 궁금했다. 그래서 일어섰던 자리에 다시 앉았다.

"우리가 어디에서 만난 적이 있을까요?

"왜 전에… 여기 도서관 앞에서, 전단 보고 계시지 않았어요? 저는 그때… 전단 회수 중이었는데…."

남자는 조금 전까지 시원시원했던 말투와는 달리 머뭇거리는 태도로 그때의 기억을 내게 상기시켰다. 맞다, 나는 그때 전단에 인쇄된 지승우의 눈동자에 구멍을 뚫고 있었다. 그리고 이 남자는 내게 지승우를 아느냐고 물어보았지. 이제야 생각났다.

"그날도 그냥 가버리셨죠. 꼭 다시 만나고 싶었어요. 제이야기에 공감하시는 분을 만난 것 같아서 정말 반가웠거든요. 저는 그날 중앙 도서관 앞에서 여동생 이야기를 했던… 정치외교학부 19학번 김재원입니다."

정신을 차려 보니 어느새 나는 재원과 카페에 와 있었다. 사회대 뒷문에 난 샛길로 약 500m 정도 걸어가면 보이는 작은 카페였다. 사장이 잔나비를 좋아하는지, 그 밴드의 음악만이 계속 흘러나오는 이곳은 볕이 잘 들지 않아서 낮에도 어두컴컴했다. 그래서 켜둔 보라색 조명 때문에 분위기가 얼핏 바 같기도 했다.

"이름, 뭔지 물어봐도 돼요?"

뜨거운 아메리카노를 두 잔, 각자 앞에 두고 우리는 대화를 시작했다.

"최유연이에요."

"학번은요? 우리 같은 학교 맞죠?"

"18학번, 경영학부⋯."

"누나였네요. 동생인 줄 알았는데⋯. 누나라고 불러도 돼요?"

나는 고개를 끄덕였다.

커피를 마시며 천천히 뜯어보는 재원은 한 살 아래라고 생각하며 바라봐서인지 눈에도 어린 티가 났다. 갈색으로 그은 얼굴에는 여전히 여드름이 몇 개 돋아 있었으니까. 그래도 짙은 눈썹에 각진 턱선은 제법 남자답기도 했다.

이런 남자와 닮은 쌍둥이 여자는 어떤 얼굴일까?

대체 어떻길래 지승우가 미쳐서 그런 짓까지 벌인 걸까?

나는 순간 재원의 얼굴을 바라보다가 이런 천벌 받을 생각에까지 닿고 말았다. 순간, 밀려오는 죄의식에 고개를 절레절레 흔들었다. 그 개새끼와 헤어진 게 언젠데 이런 생각을 하는 거야, 정신 차리자.

"동생은… 괜찮아요?"

쉽게 물어서는 안 될 말이라는 걸 알면서도, 나는 괜히 치밀어 오르는 호기심에 그만 묻고 말았다.

"… 치료받고 있어요. 우리, 동생 이야기는 안 하면 안 돼요? 난 그냥 누나랑 친해지고 싶어서…. 헤헤, 우리 이야기만 하면서 친구 하면 좋잖아요. 누나는… 좋은 사람 같아요."

좋은 사람. 왜 그렇게 생각하는 걸까, 이제 겨우 두 번 만난 나를…. 나는 놀라서 입에 대고 있던 커피잔을 테이블에 내려놓았다. 재원은 눈치가 제법 빠른 듯했다.

"확성기에 대고 아무리 소리를 질러도 사람들이 들어주질 않았어요. 오히려 그만하라고 다들 말렸죠. 뭐, 말하는 제 모습을 바라보기만 해줘도 고마울 지경이었으니까요.

그 새낀 아직도 학교 잘 다니는 중이고요. 구속되질 않았으니…. 재판은 해봐야 결과를 아는 거고요. 그런데 누나는 달랐어요. 전단을 보면서 그 새끼 얼굴을 후벼 파고 있더라고요. 누나는 내 이야기를 진지하게 들어준 거죠. 저는 그래서 누나를 꼭 다시 만나고 싶었어요."

이야기를 마친 재원은 목이 타는지 커피를 한 모금 마셨다.

"누나는 좋은 사람이에요."

나는 순간 가슴이 두근거렸다. 내가 한 인간에게 좋은 사람으로 각인될 수 있다니. 단 한 번도 기대한 적 없는 일이었다. '좋은 여자'가 아닌, '좋은 사람'. 그래서 더욱 기뻤다. 어쩌면 이 남자도 내게 좋은 사람일 수는 없을까.

우리는 그날 밤늦도록 함께 있었다. 편의점에서 맥주 몇 캔과 마른안주를 사서 대학 본부 앞에 있는 호숫가에 갔다. 날이 춥다 보니 자연스레 서로 꼭 붙어 앉았고, 어느새 재원은 내 어깨까지 끌어안았다.

"누나는 무슨 시험 준비하는 거야?"

"나, 임용."

"무슨 과목인데?"

"국어."

"경영학부라면서?!"

"어쩌다 보니 그렇게 됐어. 국어를 많이 뽑으니까, 국어로 보는 거지. 너도 무슨 시험 준비해? 도서관에는 왜 온 거야?"

"아, 나는 세무사."

나는 깜짝 놀라 재원의 얼굴을 쳐다보았다. 재원은 휘둥그레진 내 눈에 제 오른손을 가져다 대며 눈 앞을 가려버렸다.

"그렇게 쳐다보지 마. 키스하고 싶으니까."

나는 당황해서 얼른 고개를 옆으로 돌렸다.

"너는 정외과라면서 하필 왜 세무사야?"

"알잖아, 누나도. 정외과 취업 힘든 거. 나도 복수 전공해서 시험 준비하는 거지, 뭐. 누나도 그런 거 아냐?"

나는 대답 대신 고개를 끄덕였다. 재원은 그런 내가 귀엽다는 듯 볼을 살짝 꼬집었다.

"볼수록 귀여워."

재원은 나를 한참 동안 바라보더니 고개를 푹 숙였다. 그리고 내 어깨를 끌어안았던 손을 풀어서, 두 손을 자기 무릎 위에 깍지 끼고 모으더니 조금 떨리는 목소리로 내게 고백했다.

"이런 말 진짜 처음 하는 건데… 나, 누나한테 첫눈에 반했어. 우리 사귀자."

나는 '어쩌면…'이라고 생각하면서 대답 대신 고개를 끄덕였다. 그리고 우리는 천천히 얼굴을 맞대며 키스했다.

자려고 침대에 눕자 휴대폰이 지잉, 메시지를 수신했다는 신호를 보냈다.

재원 : 자?

나 : 아직 안 자. 집에 잘 들어갔어?

재원 : 누나가 벌써 보고 싶어.

나 : 나도. 너무 늦었어. 얼른 자.

재원 : 마리모는? 잘 있어?

나 : 유연의 마리모 요즘 외로워. 친구로 지내라고 넣어준 체리새우가 이틀을 못 넘기고 죽어버렸거든.

재원 : 누나, 혹시 물맞댐 해줬어?

나 : 물맞댐이 뭐야?

재원 : 체리새우가 새로운 물을 만날 때는 적응 기간을 줘야해. 그래야 어항 물에 새로운 물이 서서히 섞이면서 체리새우

가 수질에 익숙해질 수 있거든. 그게 물맞댐이야. 우리가 지구에서 화성에 갈 때, 화성의 대기에서도 숨 쉴 수 있도록 적응하는 거와 같달까?

나 : 어쩌지, 난 그런 것도 모르고 막무가내로 새 어항에 넣어 버렸어.

재원 : 그러면 체리새우가 쇼크받았을걸.

나 : 아… 너무 미안한데…. 체리새우에게도, 마리모에게도.

재원 : 괜찮아. 앞으로 실수하지 않으면 돼.

나 : 어떡하지?

재원 : 어쩌긴, 외로운 유연의 마리모에게 새로운 재원의 친구를 소개해 주면 되지. 내일 나하고 수족관 구경 가자.

나 : 그래. 내일 체리새우 만나러 가자.

재원 : 잘자. 사랑해. 내 유연.

나 : 사랑해.

그래, 그들에게는 물맞댐이 필요한 거였어.

제발,

무턱대고 다가와서 나를 끌어안지 말아 줘.

어느새 머릿속에서 하루하루 다가오는 시험 따위는 까

맑게 지워지고 없었다.

어떻게든 되겠지. 지금까지 어떻게 되어왔던 것처럼.

나는 재원과 함께 이 근방에서 가장 큰 수족관에 갔다. 커다랗고 네모진 어항 속에는 형형색색의 물고기와 새우, 거북이, 가재 따위가 빨빨거리고 있었다. 재원은 많이 와본 곳이었는지 익숙하게 나를 새우가 있는 코너로 안내했다. 그곳에는 수초 하나 없이 텅 빈 수조 속에서 새끼손톱의 하얀 끝부분만큼이나 작은 체리새우들이 우글우글 모여 발버둥 치는 중이었다.

"다들 자기만의 마리모를 찾고 있는 거 아닐까?"

"그렇게 생각해?"

수조를 가만히 들여다보며 떠올린 생각을 말하자 재원은 싱긋 웃으며 내 손을 꼭 잡았다.

"체리새우 한 마리만 주세요."

나는 직원을 불러 비닐봉지에 체리새우를 담아달라고 말했다. 대신 꼭 한 마리만.

"요즘 세일 기간이라 한 마리에 700원인데요. 10마리 하시면 5,000원이고요."

직원은 내 말이 믿기지 않는다는 듯 가격을 말했다. 한 마리에 7,000원이 아니고 700원이에요, 라고. 그러나 내게 가격은 상관없었다. 나는 체리새우 꼭 한 마리만을 원했다. 설령 공짜라 할지라도.

나는 휑휑한 투명 비닐봉지에 먼지 한 톨이 떠다니는 모양새로 꼭 체리새우 한 마리만을 담아서 재원의 팔짱을 끼고 수족관을 나왔다. 재원도 내 고집이 의아한지 조심스레 물었다.

"유연아, 그런데 왜 한 마리만 산 거야?"

모르는구나, 너도. 이유는 바로 너 때문이기도 한걸.

"내가 키우는 마리모는 하나란 말이야. 마리모 하나에 체리새우 하나. 꼭 너랑 나 같지 않아?"

내 대답이 제법 마음에 들었는지 재원의 입가에는 웃음이 번졌다.

"그렇네. 마리모 하나에 체리새우 하나. 정말 한 마리여야 되는구나."

나는 그렇게 체리새우를 소중히 품에 안고 집에 돌아왔다. 아파트 엘리베이터 문이 닫힐 때까지 재원은 내 눈을 놓치지 않았다. 그런 그가 좋았다.

"저녁은 먹었니?"

현관에 들어서자 나를 맞이한 사람은 엄마였다. 휴대폰

배경 화면에서 번쩍, 빛을 내며 알리는 현재 시각은 오후 네 시 사십이 분이었다. 당연히 저녁을 먹었을 리 없는 시간, 나는 이제 더 엄마에게 거짓말하고 싶지 않았다.

"아니."

우리 둘 사이에는 잠깐 침묵이 흘렀다. 나는 신발을 벗고 엄마를 지나쳐 작은방으로 들어가려 했다.

"잠깐만 소파에 앉아 볼래?"

말하는 낌새가 아무래도 불편한 이야기를 꺼내려는 모양이었다.

그날 밤, 내가 아빠에게 칼을 겨누었던 사건 이후로 나는 엄마도 아빠도 마주친 적이 없었다. 아빠는 언제인지도 모르게 또 집을 나갔다. 뭐, 보나 마나 사업 병 말기 환자이니 엄마한테 목돈을 좀 받아서 나갔을 거다. 엄마와 나는 서로의 생활 패턴을 알고 있기에 동선이 겹치지 않도록 서로 조심했고, 내가 잘 때 엄마가 나가고, 엄마가 잘 때 내가 들어오는 식으로….

"며칠 전에 네가 봤던 건 말이야…."

"듣고 싶지 않아."

나는 최대한 냉랭하게 답했다. 그렇지 않으면 엄마에게 휘말려서 돼먹지 않은 신세 한탄이나 밤새도록 듣게 될 게 뻔했으니 말이다.

"너도 이제 어른이니까, 남자와 여자 사이의 관계를 이해할 수 있는 나이니까…."

"그만, 그만하라고!"

눈을 질끈 감았다. 배꼽 밑에서부터 분노, 아니 혐오가 치밀었다. 아빠란 인간은 원래 그렇고 그런 인간이니 그럴 수 있다. 그런데 엄마는, 엄마는!

"듣고 싶지 않다고. 안 본 걸로 하고 싶어. 그러니까 제발 더 이상 이야기하지 말아 줘."

나는 이야기를 더 듣게 되면 차마 해서는 안 될 모진 말까지 하게 될 것 같아 소파에서 일어섰다. 그리고 작은방으로 들어가 방문을 닫아버렸다. 그래도 엄마의 가냘픈 목소리는 내 뒤통수를 얼얼하게 때렸다.

"아빠 너무 미워하지 마…."

명치가 꽉 막힌 듯 갑갑했다. 엄마가 그렇게 살면 나는 어떡하라는 거야…. 엄마가 나를 구해줘야 하는 거 아니야…?! 나는 주먹으로 명치를 쾅쾅 쳤다. 아무래도 점심으로 재원과 함께 먹은 리소토가 얹힌 모양이었다.

그러다가 아까부터 지잉, 울려대는 휴대폰을 확인했다.

재원 : 뭐 하는데 연락이 안 돼? 마리모랑 체리새우는? 물맞댐 잘하고 있어?

메시지를 보자 잊고 있던 체리새우가 생각났다. 다행히 아직도 비닐봉지 안에서 유유히 헤엄치는 작고 붉은 숨결. 나는 책상 서랍 안의 송곳으로 작은 구멍을 비닐봉지 바닥에 다섯 개 정도 뚫은 다음, 마리모가 잠수 중인 유리병 속에 체리새우를 봉지째 담갔다.

이제 비닐봉지 안의 물과 유리병 속 물이 몇 시간 동안 서서히 섞이면서 체리새우가 호흡을 멈추는 일도 없을 것이다.

"더 이상 외롭지 않을 거야, 유연의 마리모."

나는 검지를 톡 튕겨 유리병을 한 번 쳤다. 마리모는 흔들, 알겠다고 대답했다. 새로운 물이 안으로 스미는 것도 눈치채지 못하고, 체리새우는 여전히 파닥대며 헤엄치고 있었다.

"마리모와 체리새우는 최고의 한 쌍이래. 잘 부탁해."

나는 노란 조명 아래에서 빛나는 유리병을 바라보며 새로 만난 둘에게 인사를 건넸다.

D–3.

월요일이면 이제 임용고사 1차 시험일이다. 아무리 정신 나간 나라 해도 연애질이나 하고 있을 수는 없었다. 나는 재원에게 시험이 끝날 때까지는 혼자서 공부만 하겠다고 선언하고 다시 열람실로 돌아왔다. 며칠 도서관에 나가지 않던 사이, 늘 내가 앉던 자리는 다른 남자가 차지하고 있었다. 그 역시 국어과 임용 수험서를 자리에 한가득 쌓아 올린 채였다. 그러지 않으려 해도 절로 한숨이 나왔다.

시험 따위 어떻게 돼도 상관없다고 생각하기도 했지만, 역시 감춰둔 본심은 그렇지 않았다. 나는 지금까지 무려 두 번이나 1차 시험에서 낙방했다. 학원도 다니고, 인터넷 강의도 들었고, 스터디도 해봤다. 당연히 연간 학습 계획을 짰고, 매일 공부하는 시간을 체크했다. 그럼에도 1차 시험의 관문조차 넘지 못했다.

반복되는 좌절은 자존감부터 무너뜨린다. 주변에서 하나 둘, 취업하는 동기들의 소식을 들을 때마다 나는 작아져 갔다. 때때로 울리는 휴대폰의 진동에 놀라서 열람실 밖에서 전화를 받으면 학교의 취업지원센터였다.

"취업하셨나요? 아, 아직이시라고요. 혹시 무슨 시험 준비 중이실까요?"

그쪽도 돈을 벌려고 하는 전화라는 건 알고 있지만, 나에게는 지독한 스트레스인걸. 나는 분기마다 걸려 오는 그 번호를 작년에 스팸으로 지정했다.

글러 먹은 집안 꼴 역시 대학생도 아닌 주제인 나를 캠퍼스에서 유령처럼 배회하도록 만드는 데 한몫했다. 내 기억 속에 아빠는 외동딸이라면 참 끔찍했던 사람이었다. 철강 만드는 대기업의 협력 업체를 다니며 제법 돈을 잘 벌던 시절이 있었다. 그랬던 사람이 내가 정확히 고3 때, 원치 않는 퇴직을 당하더니 주식을 시작했다. 엄마는 말하지 않지만, 최근에는 코인에도 손을 댄 눈치였다.

주식, 코인, 한방, 성공…. 그런 건 쉽게 찾아오는 행운이 아니었다. 아니, 쉽게 찾아오면 애초에 행운이라고 할 수도 없었다. 아빠가 무너지는 속도는 내 예상보다 더욱 빨랐다. 퇴직금이 이미 바닥나기도 전에 아빠는 불안과 초조에 잠식되어 거의 미친 사람이나 다름없었다.

결국 아빠는 자신과 엄마 명의로 받을 수 있는 모든 대출은 다 받아서 집을 나갔다. 내 명의에 손대지 않은 건, 그나마 부정만큼은 남아 있다는 증거였을까?

그때부터 청소 일을 시작한 엄마 앞에서 돈 이야기는 차마 꺼낼 수도 없었다. 그래도 엄마는 엄마였다. 어떻게 해서든 등록금은 마련해주었으니. 하지만 나머지는 모두 내 몫이었다. 간신히 햄버거 가게에서 아르바이트하면서 용돈벌이는 했지만, 공부 따위는 하지 않았다.

나는 갑자기 뒤틀린 내 삶이 싫었으니까. 세상 편안하게, 허세에 찌들어 문학이 어쩌고 음악이 어쩌고 미술이 어쩌고 떠들면서 밤마다 술이나 마셔대는 친구들이 그렇게 부러울 수 없었다. 그 애들은 공부 같은 건 하지 않아도 졸업 후 붙잡을 수 있는, 든든한 동아줄이 준비되어 있었다. 하지만 내겐 썩어 빠진 동아줄조차 있을 턱이 없었다.

그 남자, 지승우를 붙잡고 늘어진 이유도 어쩜 같은 맥락이었을지 모른다. 겉으로 보기에 그는 완벽하게 여유 넘치는 인간이었다. 세무사 시험을 준비한다면서도 치열함 하나 없이 살아가는 그의 얼굴에는 언제나 웃음기 가득한 향락만 존재했다. 혀는 또 어찌나 긴지, 술자리에서 사람들을 말로 홀리는 재주도 놀라웠다.

실은 그가 이름도 들어보지 못한 시골에서 유학을 왔고, 백인 아버지는 진작 도망간 지 오래라는 사실, 어머니가 말도 하지 못하는 벙어리라서 어쩌면 말보다 수화를 더 잘할지도 모른다는 사실은 나 말고는 아무도 모르는 비밀이지만.

그래서였을까. 그가 제 어머니 앞에서는 차마 입에도 담지 못할 욕지거리를 해대며 그렇게나 가학적인 섹스를 했던 것은….

아무튼 나는 사실 도망치고 싶어. 지금, 이 삶으로부터. 그러기 위해서는 어떻게든 이번 시험에서….

밤이 되었다. 낙엽이 지상에 내려앉는 때가 되면, 태양은 으레 나무의 겨울잠을 위해 일과를 빨리 마무리하기 마련이다. 그래서 전보다 짧아진 해 때문인지 대기의 온도도 더욱 낮아졌다.

중앙 도서관은 24시간 운영하지만 추운 겨울밤에 지나치게 늦은 귀가는 무리였다. 나는 밤 10시가 된 것을 확인하고 자리에서 일어났다. 주섬주섬 가방을 정리한 다음, 조심스레 열람실의 무거운 철제문을 닫고 복도로 나왔다. 확실히 바람이 쌀쌀해선지 평소보다 사람이 없었다.

터벅터벅 걷는 발걸음은 어둠 속에서 마치 메아리처럼 울려 퍼지며 다시 내게로 돌아왔다. 내가 걷고, 또 내가 따른다. 정말 우스운 일이다. 나는 어린아이처럼 딴 따따 딴 따딴, 리듬에 맞춰 한 발 한 발 걸어보았다. 그리고 깔깔 웃었다. 지나가던 사람들이 힐끔힐끔 곁눈질하는 게 느껴졌지만, 아무래도 상관없었다. 한참을 웃다 보니 눈가에는 물방울까지 맺혔다.

저편에 재원과 함께 갔던 호수가 보였다. 나는 문득 호수에 산다는 오리 가족이 보고 싶어졌다. 그래서 그쪽으로 와다닥 뛰기 시작했다. 헉헉거리며 도착한 호숫가에는 날이 추워선지 사람이라곤 머리카락 한 올도 보이지 않았다.

'오리를 보기에는 더 잘됐어.'

동물이라면 으레 사람을 피하기 마련이니까, 나는 무섭기보다는 차라리 잘된 일이라고 생각했다. 그래서 미소 띤 얼굴로 눈을 더욱 환히 밝히며 오리를 찾으려 애썼다.

그러나 아무리 호수를 들여다보아도 오리는 보이지 않았다. 분명히 재원이 그날 이곳에 오리 가족이 산다고 했건만, 찾을 수 없는 짐승의 흔적. 재원은 허투루 말할 사람이 아니었다. 분명히 이 호수에서 그는 오리를 보았을 것이다.

'혹시 호수 밑바닥에서 마리모를 갉아 먹고 있는 건 아닐까?'

나는 불현듯 이런 생각이 들었다.

그렇다면 오리를 찾기 위해선 호수로 지금 당장 뛰어들

어야 해.

밑바닥으로, 밑바닥으로 헤엄쳐 내려가자.

오리뿐만이 아니야,

몸부림치는 마리모를 구할 수 있을지도 몰라.

나는 호수를 빙 둘러싼 3단짜리 계단 맨 위에 신고 있던 컨버스를 벗어 던졌다. 걸치고 있던 검정 패딩 점퍼도 컨버스 옆에 아무렇게나 던져놓았다. 마지막으로 팔다리를 휘휘 저으며 준비운동을 했다. 이제 뛰어드는 일만 남았다.

하나,

둘,

셋!

숨을 얼마나 깊이 들이마셨는지 모른다. 나는 호수 밑바닥까지 샅샅이 살피기 위해, 마치 새우라도 된 양 허리를 구부린 채 물로 뛰어들었다. 귀가 먹먹해선지 첨벙, 호수 표면에 몸뚱이가 부딪혀 내는 파열음이 희미하게만 들렸다. 코인지 입인지 모를 얼굴 어디에선가 보글보글 생을 마감한 산소가 아롱아롱 지상을 향해 떠나갔다.

나는 앞으로 나아가기 위해 팔과 다리를 허우적댔다. 푸르스름한 물속에는 작은 알갱이들이 부유하고 있을 뿐, 오리도, 마리모도 보이지 않았다. 조금 더 밑으로 내려가야 찾을 수 있을까?

그래서인지 모르겠지만 나는 가라앉고 있었다. 냉기에 몸이 굳어 손과 발이 끝에서부터 딱딱해지는 게 느껴졌다. 분명 추운데, 몽롱하니… 기분이 좋았다. 스르르 눈을 감았다.

"유연아!"

양쪽 뺨이 얼얼했다. 아니, 뺨만이 아니었다. 누가 계속 내 이름을 불러대는 통에 고막이 터질 것만 같았다. 나는 캑캑 헛구역질하며 눈을 떴다. 재원의 얼굴이 보였다.

"정신 좀 들어? 나 보여? 나 누구야? 네 이름 뭐야? 여기, 여기 어디야?"

너무 추웠다. 고개를 슬쩍 옆으로 돌리자 나는 아까 그 호숫가 언저리에 뻗은 채였다. 내 몸뚱이를 마구 흔들어 대며 속사포처럼 질문을 퍼붓는 재원 역시 나처럼 몸이 흠뻑 젖은 상태였다. 아무래도 천치처럼 호수에 뛰어들었다가 물에 빠진 나를 재원이 건져 올린 모양이었다.

"···추워···."

"추워?! 옷이 다 젖었는데, 어떡하냐···."

재원은 당장이라도 울 것 같은 표정이었다. 그러고는 나를 꼭 끌어안았다.

"가자."

그 말 한마디에 마음이 놓인 나는 재원의 등에 망설임 없이 업혔다. 그리고 뒷덜미를 꽁꽁 언 두 팔로 놓치지 않으려 단단히 붙잡았다. 나는 그렇게 재원이 머무는 곳으로 갔다.

재원의 본가는 학교에서 20분밖에 걸리지 않는 거리에 있었다. 이건 굳이 지금처럼 집에서 따로 나와 살 필요가 없다는 이야기다. 그런데도 학교 근처에 재원이 원룸을 얻은 까닭은 바로 쌍둥이 여동생 때문이었다.

얼마 전 당한 성폭행 때문에 정신과 치료를 받는 여동생은 가해자 또래 남성에게 극심한 혐오와 두려움을 드러냈는데, 상대가 자신의 분신과도 다를 바 없는 재원이라 할지라도 예외가 아니었다. 그래서 여동생이 안정을 찾을 때까지만 한시적으로 이렇게 지내보자는 게 재원네 가족의 생각이었다.

물론 재원 역시 이 생각에 동의했다. 다만 자신이 여동생을 위해 할 수 있는 일이라는 게 고작 집에서 나가주는 일 뿐이라는 사실이 안타까웠다. 평생 따로 지낸 적 없는 쌍둥이였음에도 이제는 연락 한 번 주고받을 수 없었다. 서글픈 현실이었다.

"들어가자."

늦은 시각이라 원룸 복도가 소란스러울까 봐 재원은 아주 작은 목소리로 내 귓가에 소곤댔다. 차가운 얼굴에 훅 끼치는 숨에 실린 온기, 기분이 좋았다. 나는 냉큼 뒤를 따라 들어갔다.

방은 침대 위에 이불이 조금 어질러져 있긴 했지만, 담배 냄새는 나지 않았다. 오히려 말린 장미 향 같은 냄새가 났다.

"좋은 향기가 나."

내 말에 재원은 대답했다.

"디퓨저야."

그리고 덧붙여 이유를 설명하며 말끝은 흐렸다.

"사실 네가 언제 올지 몰라서…."

나는 그 모습이 귀여워서 쿡, 웃고 말았다.

방 안의 공기는 따뜻했다. 얼었던 몸도 조금씩 녹기 시작했다.

"먼저 씻을래? 갈아입을 옷 꺼내줄게."

"고마워."

어쩐지 재원은 고장 난 로봇처럼 허둥대고 있었다. 나와는 조금 전부터 눈도 마주치지 않고 말이다.

"같이 씻을까?"

내 말에 깜짝 놀라 쳐다보는 재원의 눈동자는 마치 어둠 속 고양이처럼 동공이 확장되어 있었다.

"너도 젖어서 추우니까…."

나는 재원에게 손을 내밀었다. 정말로 그는 온몸이 흠뻑 젖어 있었다.

그날 밤, 우리는 침대에 나란히 누워서 잠은 자지 않고 계속 이야기를 나눴다. 대부분 초등학교 1학년 때 가장 친한 친구는 누구였는지, 개와 고양이 중 어떤 동물을 더 좋아하는지, 지금까지 크게 아파 수술했던 적은 없는지와 같은 시시콜콜한 내용들이었지만.

우리는 그만큼 서로에 대해 더 많이 알기를 원했다. 그뿐이었다.

"유연아."

"응?!"

"그런데 아까 호수에는 왜 뛰어든 거야?"

"아… 호수 아래에 뭐가 있는지 궁금했어. 네가 전에 말했던… 오리가… 호수 밑바닥에 있는 마리모를 혹시 먹고 있는 건 아닐까… 하는 생각이 들어서…."

"바보야. 그런 곳에 마리모는 없어."

"그럼 오리는? 전에 오리 가족이 있다고 했잖아."

내 반문에 재원은 한숨을 푹 쉬더니 양손으로 내 얼굴을 감싸 쥐고 입을 맞췄다. 그러고는 전혀 다른 소리를 했다.

"넌, 누나가 아니라 어린애 같아."

그러더니 내 머리를 쓰다듬으며 혼잣말처럼 중얼거렸다.

"오리도… 마리모도… 없어…. 물론 그래서 내가 널 좋아하는 거지만…."

머리카락을 귀 뒤로 넘기는 손길이 간지러워서 나는 킥킥 웃었다. 그러다가 까무룩 잠이 들고 말았다.

드디어 내일이었다. 세 번이나 치르는 시험이니 긴장 같은 건 하지 않을 줄 알았는데 고사장에 발을 디디는 상상만으로도 심장이 쿵쾅쿵쾅 고장 난 것처럼 마구 뛰었다. 다행히 시험을 치를 고사장은 집에서 그리 멀지 않은 고등학교였다. 내일 아침, 재원은 자기 아버지 차를 빌려 나를 고사장까지 태워다 준다고 말했다.

'그러니 긴장할 거 없어.'

하지만 자꾸만 떨리는 건 의지대로 되지 않았다. 도저히 펜을 잡고 글씨를 쓸 수 없을 지경인지라 약국에서 청심환이라도 사 먹어야겠다는 생각이 들었다. 나는 중앙 도서관 바깥으로 나왔다.

흐린 하늘, 뺨에 스치는 바람이 어쩐지 스산했다. 잔디광장 한가운데 우뚝 솟은 첨탑 위로 검은 새 한 마리가 빙그르르 허공을 맴돌았다. 아직 시험은 치르지도 않았건만 불길한 예감이 들었다. 확실히 안정제가 필요한 상태였다.

나는 서둘러 정문 건너 약국에 가려고 발걸음을 재촉했다. 그때였다. 누군가 서두르는 내 보폭에 맞춰 뒤에서 따라오는 느낌이 확 덮쳤다. 여자라면 누구나 직감적으로 알 수 있는 것. 대낮임에도 온몸에 소름이 돋았다. 나는 더욱 빨리 걷기 시작했다. 그러자 다다닥 신발이 보도블록에 부딪히는 소리와 함께 뒤쫓는 발걸음이 내 꽁무니를 붙잡고 말았다.

"훠이!"

누군가 내 어깨를 잡아 세우는 통에 나는 비명을 지르며 그 자리에서 주저앉았다. 대체 어떤 유령인지 짐작도 되지 않았다.

"하하하, 그렇게 놀랐어? 나야, 나."

손으로 얼굴을 가린 틈새로 보이는… 저 낯익은 실루엣… 귀에 들어와 박히는 저 끔찍한 목소리….

그였다,

지승우.

"최유연 맞지? 오랜만에 만났는데 인사도 없이 귀신이라도 본 것처럼 놀라기만 할 거야? 섭섭하게…. 왜 한동안 연락도 없었어? 보고 싶었잖아."

한동안이라니, 거의 2년을 연락도 하지 않고 지냈건만, 이 남자는 언제든 자기가 마음만 먹으면 나를 어떻게 해볼 수 있다고 생각하는 게 분명하다. 그 뻔뻔한 자신감이 정말 증오스럽다.

그는 여전히 하나도 달라지지 않았다. 얼굴도, 키도, 몸도, 성격도…. 아무렇지 않은 척 웃으며 다가와 상냥하게 인사를 건네는 저 말투까지도 아무것도 달라지지 않았다. 예전이라면 나는 분명 저이에게 또 말려들고 말았겠지. 하지만 이젠 아니야.

"최유연, 어디 가는 거야?"

무시하고 돌아서는 내가 적잖이 당황스러운 눈치였다. 그래서였을까, 그는 뒤에서 계속 '최유연!'이라고 내 이름을 외쳐댔다. 하지만 난 더 이상 저 남자와 엮이고 싶지 않았다.

"유연아."

그가 달려와서 내 오른팔을 휘어잡았다. 그리고 생전 부르지 않던 내 이름을 불렀다. 유연아, 라고. 아, 한 번 부른 적이 있었다. 내가 아이를 가졌다는 비참한 고백을 했던 그날에….

"이야기는 듣고 가야지."

내게 말하는 그의 목소리는 분명히 조금 전처럼 다정했지만, 눈빛은 이상하리만치 싸늘했다. 뭔가 잘못되려나 보다, 이거.

"나, 너랑 다시 자고 싶어서 이러는 거야. 모르겠어?"

"미친 새끼."

정말이지 기가 막혔다. 성폭행까지 저질렀다더니, 이제

정말 돌아버리고 만 건가?!

"나, 너랑 한 동영상 가지고 있어. 전부 다."

"…거짓말."

분명 거짓말이다. 사실일 리가 없다.

"못 믿겠으면 따라와 봐. 여기에서 재생하긴 좀 그렇잖아?!"

'거짓말이야거짓말이야거짓말이야거짓말이야…'

머릿속이 새하얬다. 열람실에서 불규칙적으로 뛰던 심장은 아예 꺼져버렸는지 아무런 움직임도 없었다. 지금 저 남자를 따라서 걷고 있는 나는 사실 이미 죽은 건 아닐까? 차라리 죽었다면 좋았을 텐데…. 그냥 지금 어디에서든 확 죽어버릴까?

"왜 이리 걸음이 느려. 표정도 펴. 좋은 거 보러 가는데 웃으면서 가야지."

앞서가던 그는 뒤처진 나를 보며 짜증을 내더니 갑자기 내 어깨에 자신의 묵직한 왼팔을 턱, 얹었다. 나는 다른 생각은 하나도 나지 않았다. 오직 빨리 내가 죽을 자리를 찾아야겠다는 생각, 그 하나만이 머릿속을 가득 채우고 있을 뿐이었다.

그러다 대체 여기가 어디쯤인가 싶어 고개를 들었을 때,

나는 보고 말았다. 내 앞에서 황망한 표정으로 서 있는 재원의 얼굴을…. 그는 재원의 존재는 신경도 쓰지 않고 쾌활한 어투로 계속 내게 뭐라고 지껄였다. 나는 그제야 멈췄던 심장이 다시 쿵쿵 뛰는 것을 느낄 수 있었다. 하지만 내가 그때 뭐라고 말할 수 있을까. 나는 그 남자 품에 반쯤 안긴 채 재원을 그대로 지나치고 말았다.

"씨발년!"

도착지는 또 담배 냄새 자욱한 그의 자취방이었다. 그는 문이 잠기자마자 나를 벽으로 몰아넣고 목을 조르기 시작했다.

"다 너 때문이야! 너 때문에! 너, 이 개 같은 년이 임신하고 도망친 것 때문에 내가 다른 년들을 만날 수가 없어!"

그는 뭔가 단단히 착각하고 있었다. 나는 임신하고 도망친 적이 없었다. 아이를 지웠으면, 하는 내색을 비춘 사람은 그였다. 일방적으로 연락을 두절했던 이도 그였다. 하지만 지금은 그런 시시비비를 가릴 수가 없었다. 그가 내 목을 조르고 있었기 때문이다.

"죽여버릴 거야, 이 씨발년을!"

그는 더 세게 내 목을 졸랐다. 굵직한 남자의 손가락이

마디마디 힘을 주어 목을 조르는 통증도 통증이었지만, 정말이지 숨이 막혀 견딜 수가 없었다. 나는 어떻게든 그의 손아귀에서 벗어나기 위해 몸부림쳤다. 그러다가 손가락이 살짝 어긋난 틈을 타서 이로 있는 힘을 다해 그의 오른손을 물어뜯었다.

"으악! 씨발!"

그가 괴성을 지르며 목을 조르던 손을 풀었다. 나는 헉헉 숨을 몰아쉬며 노란 장판이 깔린 방바닥에 그대로 쓰러졌다. 그는 살점이 조금 떨어져 나간 자기의 오른손을 보더니 또 한 번 씨발을 외쳤다.

"야, 이 미친년아!"

그가 내 뺨을 세차게 때렸다. 그러나 나는 지금 아픈 것보다 당장 해결해야 하는, 더 중요한 문제가 있었다.

"ㅎ… 헉…ㅎ… 동영상… 동영상… 어디… 어디 있어?"

그는 뭐가 그리 우스운지 한참 배를 잡고 웃었다. 그러더니 갑자기 바지를 벗기 시작했다.

"동영상? 그거야 지금 찍으면 되지."

나는 이를 악물었다.

"나쁜 새끼…."

"진짜 나쁜 년이 누군데?! 너는 내 애까지 가져놓고, 아까 마주친 그 새끼랑 놀아났잖아. 나보고 성폭행범이라고 지랄하는 새끼랑. 너 같은 게 누굴 만나!"

마침내 그는 팬티까지 다 벗더니 성기를 훤히 드러낸 채 내게 다가오기 시작했다. 예전과 똑같이 나를 집어삼킬 태세로….

많은 이미지가 순간적으로 화산이 폭발하듯 펑, 하고 터지며 머릿속을 가득 메웠다.

호숫가에서 흠뻑 젖어 있던 재원의 얼굴, 엄마를 죽일 기세로 달려들던 아빠, 배를 까뒤집고 죽은 체리새우의 사체, 내일 치를 임용고사의 수험표, '유연의 마리모'라고 이름표를 써 붙였던 유리병, 그리고 초록색 동글동글한 마리모, 유리병에 봉지째 넣어두었던 체리새우….

'마리모는 체리새우와 끝내 이루어지지 못했어, 외롭기만 하고.'

나는 자리에서 벌떡 일어났다. 그대로 자취방의 쪽문을 열고 시멘트로 바닥이 마감된 부엌으로 달려갔다. 그리고 싱크대에서 과도를 꺼내 들었다.

"죽고 싶으면 와 봐."

진심이었다. 나는 그를 죽일 작정이었다.

"돌았네."

그는 내 위협에도 그저 웃고 말았다. 그리고 일말의 망설임도 없이 나를 향해 다가왔다. 나는 비명을 질렀다.

내가 왜 정신을 잃었는지는 기억이 나질 않았다. 눈을 떴을 때, 나는 중환자실 침대에 누워 있었다. 가슴팍에 자상, 그러니까 칼에 찔린 상처를 입었다고 했다. 마지막으로 기억이 끊긴 시점은 그의 자취방 부엌에서 내가 과도를 들었던 장면까지였다. 뭐, 기억나지 않아도 불 보듯 뻔한 일이었다. 내가 칼을 빼앗기고 결국 그에게 찔렸다. 이렇게 설명할 수밖에 없지 않은가?

그는 재원의 여동생에 대한 성폭행 혐의에다 나에 대한 살인 미수 혐의까지 더해져 현재 구속되었다고 했다. 내가 두려워했던 성관계 동영상은 존재하지 않았다. 나는 그게 그 새끼 손에 죽는 것보다 더 치욕스러웠다. 정말 다행이었다.

올해는 임용고사 1차 통과는커녕 시험조차 치르지 못했

다. 나는 병원에서 무려 열흘이나 의식이 없는 상태였다고 한다. 그의 자취방에서 난무하는 욕설과 고성이 평소보다 유독 심해서 이웃의 누군가가 경찰에 신고해 주지 않았더라면 나는 꼼짝없이 죽고 말았을 거라고, 엄마는 말했다.

"너도 나 닮아서 팔자가 사나운가…."

6인실로 옮겨져 보호자와 함께 있게 되면서부터 엄마는 툭 하면 이 소리를 하며 울었다. 그럴 때면 나도 따라 울었다.

팔자라는 건 대체 무엇이기에 사람마다 평등하게 주어지지 않는 것일까?

부모 팔자를 자식이 따라간다면, 그건 영원히 불평등할 수밖에 없는 팔자의 세습 아닐까?

내가 당한 사건은 지역 뉴스에도 보도될 만큼 세간의 화제가 되었지만, 재원은 나에게 괜찮냐는 연락 한 통 없었다. 나는 결코 재원을 배신했다고 생각하지 않는데, 그의 생각은 또 다른 걸까? 아니면 그 새끼 말대로 나 같은 건 다른 남자를 애초에 만나서는 안 되는 거였을까? 차마 먼저 연락해 볼 용기도 없으면서 원망 반, 그리움 반…. 그렇지 않아도 상처 입은 가슴에는 돌덩이만 쌓여 갔다.

꼬박 십 일, 집에 돌아오는 데 걸린 시간이었다. 입원했을 적에는 분명 맨몸으로 병원에 갔을 텐데, 퇴원하는 길에는 왜 이리도 짐이 많은지— 그날은 무슨 바람이 불었는지 아빠까지 웬 차를 몰고 와서 퇴원 수속을 도왔다. 뒤늦게 뉴스를 보고서야 내 소식을 알았다는 아빠는 줄곧 이를 뿌드득뿌드득 갈며 욕을 내뱉었다.

"내가 그 새끼, 진짜 잡히기만 하면 배때기를 그냥 확!"

"아이고, 사람들이 들을까 무서워요. 얼른 집에 갑시다."

엄마는 그런 아빠를 달래가며 짐 정리를 했고, 나는 여전히 가슴팍에 거즈를 붙인 채로 집에 돌아왔다.

작은방에 가방을 내려놓고 내가 곧바로 확인한 것은 맑디맑은 내 유리병의 안부였다. 마리모의 외로움은 이제 가셨는지, 체리새우는 마리모 품에 꼭 안겼는지가 내 최대 관심사였다.

그러나 기대란 무용할 뿐임을 나는 또 한 번 확인했다. 비닐봉지 속 체리새우는 예전보다 한층 붉어진 몸으로 배를 위로 드러낸 채 숨이 멎어 있었다. 아무래도 호흡할 산소와 이끼 같은 먹이가 충분히 공급되지 않은 상태로 며칠이나 방치되었던 게 죽음의 이유인 듯했다. 그 때문에 마리모는 세상을 떠난 시뻘건 사체 밑에서 뼈아프게 제가 혼자라는 사실만을 확인하고 또 확인한 것이다. 자신에게 주어진 숙명이란 영원한 기다림뿐이라고⋯.

그래서였나 보다. 마리모는 예전보다 더욱 바닥에 깔린 모래 사이에 깊이 파고들어 있었다. 유리병을 아무리 흔들어도 좀처럼 움직이질 않았다. 이래서는 물 위로 떠 오르길 바라는 게 무리였다.

'이번 시험도 안 될 운이었나 봐.'

행운이 내 따위에게 찾아올 리 없지. 이런 생각이 들자 갑자기 왈칵 눈물이 쏟아졌다. 나는 서러움에 북받쳐서 엉엉 소리 내 울었다. 엄마가 조심스레 방문을 열었다가, 걱정스러운 표정으로 나를 한번 바라보고는 다시 방문을 닫았다.

퇴원한 다음 날부터 나는 다시 중앙 도서관에 갔다. 시험도 치르지 않은 지금, 벌써 내년을 대비한다는 말도 우스웠다. 이건 그냥 몸에 밴 습관이었다. 종강도 했고, 몇 가지 국가 고시도 끝났기에 열람실은 전에 없이 텅텅 비어 있었다. 하지만 난 늘 앉던 자리에 앉아 늘 쌓아두던 책으로 나

만의 성채를 지은 다음, 책상에 엎드려 곤히 잠을 잤다. 그
곳이 내게 제일 편했다.

항상 같은 꿈을 꾸었다.

나는 그날 밤처럼 대학 본부 앞 호수에 뛰어들고 있었다.
이번에는 빨간 수영복 차림에 수모와 물안경까지 완벽하
게 착용한 상태였다. 반드시 호수 밑바닥에서 마리모를 갉
아 먹는 오리를 찾고야 말리라는 결심에서였다.

형체는 보이지 않는, 낯익은 남자의 목소리,

그는 나에게 어서 다이빙하라고 외쳤다.

하나,

둘,

셋!

그러면 나는 한 마리 체리새우가 되어 물속으로 점프한
다. 예전처럼 숨이 막히지 않는걸! 기쁜 마음에 오리 무리
를 헤치고 밑바닥으로 내려가면 아득한 추억처럼 솜털이
보송한 마리모가 있었다. 나는 그것을 꼭 껴안았다. 그리고

함께 수면 위로 헤엄쳐 오르기 시작했다.

"마리모!"

나는 환호를 내지르며 꿈에서 깨어났다. 그렇지 않아도 텅텅 비어 평소보다 더욱 조용했던 열람실의 눈들이 일제히 나를 향했다. 나는 멋쩍은 마음에 얼굴이 달아올라 그곳에서 빠져나왔다.

화장실로 가 세수를 한 다음, 종이 타월로 얼굴을 대충 문질렀다. 쓰레기통에 마구 구긴 쓰레기를 버리려는데 문득 구석에 처박혀 있는 임신 테스트기가 눈에 띄었다.

임신.

가만, 내가 이번 달에 생리를 해야 할 날짜가 언제였지?

나는 휴대폰을 꺼내 생리 주기 앱을 확인했다. 나흘이 지났다. 물론 이번 달에는 큰 충격을 받았으니까 스트레스 때문에 늦어지는 걸 수도 있다. 그런데도 꼭 확인해 봐야 할 것 같다는 생각이 들었다.

나는 달리기 시작했다. 정문 건너편에는 약국이 있다. 한시라도 빨리 사실을 확인하고 싶었다. 그러다가 갑자기 멈춰 섰다. 혹시라도 사실이라면… 뛰어선 안 돼. 아이가 잘못될지도 몰라. 조심하자. 나는 최대한 천천히 걸어서 약국으로 향했다.

막상 약국에 들어오니 죄라도 지은 것처럼 쉽게 입이 떨어지지 않았다.

"손님, 찾으시는 거 있어요?"

"저… 임신 테스트기…."

나는 옆에서 조제되는 약을 기다리는 다른 손님들이 들을까 봐 모기만 한 목소리로 약사에게 말했다. 그러나 약사는 내 속도 모르는지 아주 우렁차고도, 너무나 친절한 어투로 상품을 건넸다.

"여기 임신 테스트기 있습니다. 사용 방법 설명해 드릴까요?"

"아, 아니에요. 괜찮습니다."

나는 도망치듯 약국을 빠져나왔다. 그리고 곧장 어느 단과대인지도 모를 학교 부속 건물에 딸린 여자 화장실로 뛰어 들어갔다.

선명한 두 줄이 뜬 임신 테스트기를 들고 내가 찾아가야 할 장소는 오직 거기뿐이었다. 재원이 머무는 곳.

차마 전화를 걸거나 메시지를 보낼 용기는 나지 않았다. 그가 도망쳐 버릴까 봐 겁이 났기 때문이다. 나는 그의 원룸에 찾아가 벨을 누른 다음, 노크했다.

똑똑.

아무도 나오지 않았다. 문짝에 귀를 대고 안에서 무슨 소리가 들리진 않는지 온 신경을 집중했다. 인기척은 없었다.

'기다리자.'

나는 겨울의 냉기를 그대로 머금어 차갑기 그지없는 벽에 등을 붙이고 앉아서 하염없이 재원을 기다렸다.

너와 나 사이에 아이가 생겼어. 기뻐해 줄 거지? 두 줄이 선명한 임신 테스트기를 재원에게 건네는 상상을 하니 피식 웃음도 나왔다. 지금은 뭔가 오해를 하고 있지만, 설명하면 다 이해할 거야… 그런 사람이야, 재원은….

"여기서 뭐 해?"

재원이었다. 그를 기다리다 깜박 잠이 들었나 보다. 시간은 벌써 자정을 훌쩍 넘긴 후였다. 오후 네 시쯤부터 여기에서 기다렸건만, 지금은 온몸이 얼어서 감각도 느껴지지 않는다.

"할 말이 있어서 왔어."

"뭔데?"

조금 화가 나 보였다. 재원의 목소리가 전과 다르게 퉁명

스럽고 싸늘했으니까…. 그동안 연락하지 않은 것 때문일까? 아니면 그 남자에게 안겨서 재원을 지나쳤던 것 때문에? 어서 모든 걸 설명해야겠다.

그런데 생각과는 다르게 내 입에서는 엉뚱한 말이 튀어나왔다.

"체리새우가 죽어버렸어. 마리모는 여전히 혼자야."

재원은 고개를 옆으로 돌리더니 눈을 질끈 감았다 뜨며 한숨을 쉬었다.

"그 이야기하러 여기까지 온 거야?"

"너랑 같이 샀던 거잖아. 마리모와 체리새우는 우리와 마찬가지인데…."

"그만해."

한 번도 듣지 못했던, 냉랭한 목소리였다. 그는 더 이상 날 바라보고 있지 않았다. 짙은 회색의 현관문 어느 지점을 뚫어져라 쏘아보며 그는 이야기했다.

"우리는 이미 끝났어. 쓸데없는 이야기는 그만해. 듣고 싶지 않아."

나는 이해할 수 없었다.

"대체 왜 그러는 거야? 그 남자와의 관계라면… 너도 뉴스에서 봤을 거 아니야. 전부 오해야. 네 여동생처럼 나도…."

내 말이 끝나기도 전이었다.

찰싹.

오른쪽 뺨이 얼얼했다. 그의 눈은 내가 꿈에도 상상할 수 없었던 혐오로 불타고 있었다. 그리고 그 혐오는 다름 아닌, 나를 향한 것이었다.

"내가 여동생 이야기하지 말랬지."

말이 끝나자마자 그는 왼쪽 뺨도 마저 때렸다.

"너 따위가 함부로 말할 게 아니라고."

너무 세게 맞은 탓이었을까, 머리통이 윙윙 울렸다. 바스러진 뇌의 파편들이 제자리를 못 찾고, 뒤죽박죽이었다. 나는 무슨 말을 해야 할지 알 수가 없었다.

"…잘못했어요. 용서해 주세요."

언젠가 지승우가 눈을 가리고 섹스하면서 내게 시켰던 말이었다. 지금 눈앞에 서 있는 사람은 분명 재원인데, 엉뚱하게도 나는 그에게 했던 말이 튀어나왔다.

"이건 뭐야?"

재원이 바닥에서 집어 든 건 내가 가져온 임신 테스트기였다. 손에 쥐고 잠든 사이, 바닥에 떨어뜨린 걸 재원이 발견한 것이다.

"이거 네 거야?"

나는 고개만 끄덕였다.

"너, 임신했어?"

나는 또다시 고개만 끄덕였다. 조금이라도 재원의 분노가 사그라들길 바라면서.

"이거 때문에 왔어?"

재원은 대답도 듣지 않고 갑자기 웃기 시작했다. 미친 사람처럼 웃는 그를 보며, 나는 그가 기뻐서 웃는 것인지 슬퍼서 웃는 것인지 종잡을 수가 없었다. 그는 몸을 비비 꼬아 대며 웃고 또 웃었다. 그렇게 한참을 웃은 뒤에야 비로소 내게 다시 말을 건넸다.

"이 바보야, 누구 애인 줄 알고 나를 찾아온 거야?"

누구 애라니? 우리 애가 아니면 대체 누구 애란 말인가. 나는 어이가 없었다. 우리가 함께 보냈던 그날 밤을 잊었단 말이야?! 너 정말 내게 왜….

그는 내 앞에서 임신 테스트기를 내동댕이쳤다. 우리 사랑의 증표라 생각했던 바로 그것을. 그리고 입가에 싸늘한 웃음만을 띄우며 냉정히 그가 원래 머물던 곳으로 홀로 돌아갔다.

"꺼져. 더러운 걸레 년."

아이를 가진 사실을 확인하자마자 입덧이 시작되었다.
아무에게도 털어놓을 수 없었다. 나는 엄마에게 그저 스트
레스 때문인지 요즘 입맛이 없다고만 말하고 식사를 건너
뛰었다. 어차피 일에 치여 사는 엄마인지라 걱정만 할 뿐,
오롯이 고통을 끌어안아야 하는 건 내 몫이었다.

나는 매일 마리모를 보았다. 창문에는 암막 커튼을 치고,
전등도 켜지 않은 캄캄한 방 안에서 오직 노란 스탠드 불
빛 아래에 있는 작은 유리병 속 마리모를. 그 어떤 더러움
에도 닿지 않은 순수한 물 안에 매끄러운 초록색 구가 숨
쉬고 있었다.

너무나 고결하기에 체리새우조차 거부했던 것은 아닐까.

차라리 그랬으면 좋겠다고 생각했다. 그러면 마리모가
조금은 덜 외롭지 않겠냐는 생각이 들었기 때문이다. 혼자
인 건 너무 외롭잖아. 그래서 유연의 마리모는 물 위로 떠
오르지 않는 거야.

눈을 감으면 재원이 했던 말이 떠올랐다.

"이 바보야, 누구 애인 줄 알고 나를 찾아온 거야?"

나는 마음속으로 네 애야, 라고 몇 번이고 대답했다. 이
번에도 내 자궁 안에 자리 잡은 태아를 끄집어내야 하는
걸까? 나는 고개를 저었다. 그럴 순 없어. 이 아이는 내 아
이기도 한걸. 나는 이제 더 이상 혼자가 아니야. 나는 네가
없어도 외롭지 않을 거야.

엄마 몰래 약국에서 엽산을 구입했다. 앞으로 매일 두 알
씩 먹기로 마음먹었다. 토할 것 같아도 꾹 참고.

레몬 향이 나는 탄산수가 마시고 싶어서 집 앞 편의점에
다녀오는 길이었다. 거실 소파에서 엄마가 훌쩍이며 울고
있었다. 엄마가 저러는 일이 하루이틀인가 싶어서 나는 슬
그머니 작은방으로 들어왔다.

그런데 책상 위에 나가기 전까지 없었던 규격 봉투 하나
가 눈에 띄었다. 봉투 입구는 뜯어진 채였다. 나는 겉봉에
쓰인 주소를 읽어 보았다.

"보내는 사람… 지승우… 경기도 의왕시 안양판교로…
서울… 구치소…?!"

왜 그가 내게 편지를 보낸 거지? 혹시 엄마가 이 편지를
본 걸까? 순간, 가슴이 철렁 내려앉았다. 봉투에서 아무렇
게나 쑤셔 넣어진 편지지를 꺼냈다. 반듯한 줄이 그어진 직

사각형의 편지지에는 예상과는 전혀 달리 가지런한 글씨가 빼곡히 적혀 있었다.

손이 부들부들 떨렸다. 세차게 뛰는 가슴을 진정시킬 수가 없어서, 나는 편지지를 쥐고 바닥에 꿇어앉아, 한 자 한자 읽기 시작했다.

[최유연 님께 보냅니다.]

쌀쌀한 날씨에 건강하신가요? 저는 이곳에서 당신 생각을 참많이 하고 있습니다. 어디서부터 당신과의 사이가 이렇게 되어버렸는지 알 수 없지만, 그래요. 사실 제가 당신을 깊이 사랑한다는 것만큼은 부정할 수 없을 듯합니다. 당신은 아마도 믿지 않겠지만 말이에요. 그렇기에 당신이 다른 사람과 웃는 모습을 보고 그리도 질투가 났는지 모르겠어요.

얼마 전 꿈을 꾸었습니다. 당신과 내가 아이를 낳고 가정을 이룬 모습이었습니다. 내가 당신에게 참혹한 짓을 저질렀던 날, 사실 나는 당신을 또 안고 말았습니다. 아마도 그날 우리에게 아이가 생기지 않았을까, 조심스레 추측해 봅니다. 혹시라도 아이가 생긴 사실을 확인했다면 제게 편지라도 한 장 해주세요. 언제까지고 기다리겠습니다.

한 가지 드리고 싶은 말씀이 있습니다. 당신이 한때 만났던 그 남자 말입니다. 그 사람이 사건이 있던 날, 집에 찾아왔습니다. 제가 당신을 안고 있을 때, 그가 제게 말하더군요. 멈추지 않으면 자기도 가만히 있지 않겠다고요. 그는 제 어머니가 어디에 사는지 알고 있었어요. 제가 당신에게 칼을 들었음에도 끝내 당신을 해치지 못한 것도 바로 그 남자 때문입니다. 저는 앞으로도 평생 그 남자에 대해서는 입을 열지 않으려 합니다.

아무튼 알아주세요. 언젠가 돌아가거든 저는 당신 그리고 제아이와 꼭 함께 사랑하며 살리라 마음먹었다는 것을. 내 평생의 사랑은 최유연, 당신뿐이었다는 것을.

지승우 드립니다.

편지를 다 읽은 순간, 나는 두 손으로 편지를 구겨버렸다. 그리고 엉엉 울음을 터뜨렸다.

어제 오후부터 울고 또 울었다. 얼마나 울었는지 눈이 부어서 앞도 제대로 보이지 않았다. 내가 왜 우는 건지 이유를 알 수 없어서 그냥 또 울었다. 계속 울었다.

A. 아이의 아빠가 재원이 아니라서 / 아이의 아빠가 승

우이기 때문에…?

A. 재원이 더 이상 나를 사랑하지 않아서 / 승우가 이제
와서 나를 사랑한다고 말해서…?

A. 아니면, 내가 지금 임신한 몸으로 혼자가 되어서…?

모두 오답.

이건 그렇게 간단한 이유에서 비롯된 절망이 아니었다.

승우도, 재원도 모두 한결같이 진실을 감추고 싶었던 것
뿐이다. 나와 섹스하길 바라면서도 내가 영원히 어리석은
아이로 남아주길 바라는 마음을…. 나는 그들에게 아마도
호수의 가장 어두운 밑바닥에서 체리새우가 오기만을 하
염없이 기다리는, 덤벼드는 오리에게 뜯어먹혀야만 하는
마리모여야 했나 보다. 감히 물속에 뛰어드는 새우나 오리
같은 존재여서는 안 되었나 보다.

'그런 길을 택하면 죽음뿐인 거야.'

속이 메슥거렸다. 삐걱대는 협탁 위, 유리병 속에서 숨죽
이고 있는 마리모의 비린내가 갑자기 끔찍하게 역겨웠다.
나는 왼손으로 코를 감싸 쥔 채, 오른손으로 유리병에서 마

리모를 꺼내 들었다. 그리고 그것을 들고 성큼 화장실로 향했다.

모든 찌꺼기는 변기로 통한다. 나는 예전에 체리새우를 떠나보냈던 바로 그곳, 변기에 마리모를 내던진 다음, 망설임 없이 레버를 내렸다. 쏴, 하는 소리와 함께 마리모는 그들만의 세계로 향하는 웜홀 속으로 자취를 감추었다. 그런 다음 비누로 깨끗이 손을 씻었다.

이제는 내 차례였다. 시간은 어느덧 새벽 네 시 삼십오분, 조금 지나면 해가 떠오를 터였다. 새로운 시도를 하기에 아주 적당한 시간. 나는 드디어 죽을 자리를 찾아 집 밖으로 나섰다. 성난 황소 같은 바람이 옷자락 사이로 마구 파고들었지만, 오히려 기분이 상쾌했다.

한쪽 손으로 아랫배를 만져보았다. 이제 조금 볼록해진 것도 같았다. 이 안에서 내 아이의 심장이 뛰고 있다고 생각하니 벅차올랐다.

누구도 나와 이 아이를 연결한 끈을 끊을 수 없어, 이 애는 나만의 아이니까.

갑자기 아이의 이름이 없어서 어떡하지, 라는 생각이 들었다. 남들은 태명을 불러주는데, 내 아이는 여태껏 그것조차 없었다. 하지만 어떤 이름이 적당할지 생각해 보아도 좀 처럼 떠오르지 않았다. 결국 내린 결론은 이름 따위 차라리 없는 편이 낫다는 것이었다. 살아봤자 즐거운 일도 없는 세상에 이름을 남겨서 뭘 한단 말인가. 그 어떤 속박에도 얽매임 없이 자유롭게 살다 떠나는 게 가장 큰 행복인 것을….

드디어 대학 본부 앞 호수에 도착했다. 아무리 생각해 보아도 나와 아이의 마지막으로 가장 적당한 곳은 바로 여기였다.

이제는 더 이상 밑바닥으로 향하지 않을 것이다.

나는 그저 푸른 물이 떠받치는 힘에 몸을 맡긴 채 둥둥 떠올라 눈동자에 하늘을 가득 담고, 피부에 맺힌 새벽이슬을 핥으며, 흐르는 바람결에 실려 오는 새의 지저귐을 들을 것이다.

자궁 속에서 웅크리고 있을, 나를 꼭 닮은 내 아이와 함께….

나는 신고 왔던 슬리퍼를 가지런히 벗어 정리했다. 오늘은 굳이 그 옆에 놓을 외투가 없었다. 왜냐하면 매양 잠옷으로 입는 하얀 면 원피스 차림으로 나왔기 때문이다.

맨발로 밟는 호수 밑바닥 진흙의 감촉은 미끈하고 축축했다. 나는 한 발짝 더 깊이 들어갔다. 끝이 채 마모되지 않은 자갈이 있었는지 발바닥이 따끔했다. 정신이 번쩍 들었다. 오히려 살아있다는 느낌이 들어서 기뻤다.

첨벙.

나는 거침없이 물속으로 들어갔다. 물은 금방 내 허벅지까지 차올랐다. 소슬한 바람이 불어왔다. 온몸의 털이 삐죽 섰지만, 춥다는 느낌은 들지 않았다.

"아가야, 엄마와 함께 가자."

걸음을 잠시 멈추고 나는 배를 한 번 어루만졌다. 그리고 다시 앞으로 전진, 또 전진했다.

물은 내 온몸을 핥고 있었다.

처음에는 다리만, 다음에는 허리, 그다음에는 가슴, 또 그다음에는 목….

입고 온 하얀 원피스는 물 위에 활짝 펼쳐져 마치 만개한 꽃 같았다.

그 가운데 내 머리는 마치 꽃술처럼 박혔다.

어느덧 물이 입술 바로 밑까지 차올랐지만, 나는 호수 안으로 걸어 들어가기를 멈추지 않았다. 몸이 둥실 떠오를 때까지 나는 물로 가야만 했다. 조금씩 코와 귀에도 물이 스멀스멀 들어오는 게 느껴졌다. 이윽고 물은 내 정수리 끝까지 탐욕스럽게도 집어삼켰다.

바로 지금이야!
나는 눈을 꼭 감았다가 번쩍 떴다.
그리고 물 위로 힘차게 날아올랐다.

그날은 보도되지 않은 사건이 많았다.
한 여성의 익사 사고 역시 다른 대형 사건에 묻혀 지역 신문사의 편집국에서 반려된 뉴스였다.

C 씨(만 25세, 여)는 국립 K 대학교 경영대학 경영학부 출신으로 국어과 임용고시를 준비 중인 수험생이었다. 그러나 가정 형편 악화, 부모 사이의 불화, 애인과의 갈등 등이 장기간의 수험 스트레스와 겹치면서 우울증을 앓았던 것으로 추정된다. 그리하여 금일 새벽 홀로 자택을 빠져나와 국립 K 대학교 대학 본부 앞 호수에 몸을 던져 자살한 것으로 추정되며, 사인은

익사로 밝혀졌다. 유족은 현재 더욱 정확한 사망 원인을 밝히기 위해 국립과학수사연구소에 시신의 부검을 의뢰한 상태이다.

Episode

——————— 아귀 마을

수요일이었다. 아이유는 〈금요일에 만나요〉에서 수요일이 어정쩡한 느낌이 들어서 싫다고 하던데, 그 여자는 왜 하필 수요일이었을까? 나라면 화요일에 뛰어내렸을 거다. 월요일은 아직 한 주가 또 시작되었다는 사실이 믿기지 않고, 화요일은 돌이킬 수 없게도 사실이잖아, 라는 생각이 들어서 가장 절망적이거든. 하지만 사람마다 느끼는 바는 제각각 다르기 마련이니까 선택은 존중해야겠지.

낙하하는 꿈을 꾸지 않았던 건 아니다. 3년 전, 교문이 조금 열린 틈으로 학교에 침입했다. 그런 다음 건물 외벽 창틀을 밟고 3층 난간까지 잘도 올라갔다. 무단결석을 밥 먹듯 하던 그곳이 왜 하필 자아실현의 장으로 낙점되었는지는 나조차도 미스터리다. 사실 나야말로 학교를 진정 사랑하는 학생이 아니었을까?

아무튼 그 모습은 멋들어지게 CCTV에 촬영되었고, 나는 고3씩이나 된 주제에 '학업중단숙려제 대상 학생'이라는 통보를 받고 집으로 쫓겨났다. 사실 3층에서라면 떨어져봤자 죽기는커녕 다리 하나 부러지는 정도였을 텐데 괜한 호들갑이었다.

내게 죽을 용기 따위는 없다고 수없이 말하지만, 아무도 믿지 않는다. 자해를 밥 먹듯 하지 않느냐고 난리 치는데 도구는 고작 문구용 칼일 뿐이고, 그것으로 손목을 몇 밀리미터 살짝 긋는 정도이다. 피 몇 방울 흘린다고 사람이 쉽게 죽지 않아. 나는 단지 가슴이 답답할 때 숨 쉴 구멍을 조금 뚫는 것뿐이야. 아빠와 그 여자가 나를 정신병자 취급하는 눈빛이란 정말 끔찍하다. 그래도 목 졸려 죽기보다 싫은 군대는 안 가게 되었으니 다행이지만.

덕분에 지난 수요일에도 혼자 집구석에 틀어박혀 롤이나 하고 있었다. 마지막으로 시간을 확인했을 때는 오전 11시였다. 한참 게임에 빠져 있을 때 바깥에서 들리던 정체 모를 소리. 묵직한 덩어리가 땅바닥에 부딪히고, 터지는 듯한 감이 온몸에 소름처럼 돋았다. 한편으로 불길함까지 더한.

호기심 때문이었을까, 동경 때문이었을까. 나는 하던 게임까지 중단하고 소리가 난 이유를 알아보려 바깥으로 튀어 나갔다. 이미 우리 동 앞 주차장에는 사람들이 웅성대며 둥글게 모여 있었다.

"세상에, 즉사했나 봐…."

"신고했어?"

"내가 자주 보던 사람 같아!"

"몇 층 여자야?"

"여기! 여기 방금 움직였어요!"

사람들은 제각각 하고 싶은 말을 멋대로 떠들며 타인의 불행을 마구 소비했다. 마침, OTT도, 웹툰도, 영화도 시시하던 참에 눈앞에 이렇게나 훌륭한 자극제가 나타났는데 심지어 무료, 먹어 치우지 않을 이유가 없지 않은가. 몇몇은 어린아이까지 데려와서 눈 가리는 시늉은 하면서도 손가락이 벌어진 사이로 여자가 처절하게 널브러진 장면을 구경시켰다. 정말 역겨웠다.

곧이어 경찰과 구급대원이 도착했다. 어차피 엎드려 있는 여자의 머리통은 깨진 수박처럼 박살 나서 따지고 자실 것도 없이 사망이 확실했다. 구급대원은 여자의 조각난 몸뚱이를 그러모아 흰 천으로 감싼 후 들것에 실어 차량으로 옮겼다. 경찰은 구경하던 사람들에게 이것저것 캐물었다.

그런 북새통에서도 내 눈길을 사로잡은 건 망그러진 여자의 얼굴이었다. 구급대원이 들것에 눕히는 과정에서 흰 천 너머 드러난 그녀의 얼굴은 아스팔트 바닥에 부딪히며 뼈가 완전히 으스러지고 피부까지 갈린 상태였다. 군데군데 진피층이 드러나서 시뻘건…. 고인에게는 미안한 말이나 마치 공포 영화에 등장하는 괴물 같았달까.

몇몇 사람들은 비명을 지르기도 했지만, 나는 순간 그 모습과 꼭 닮은 누군가의 형상이 바로 떠올랐다. 정말이지 죽은 그녀의 마지막 얼굴과 꼭 닮은… 나의 괴물.

늘 그리운, 나의 엄마.

몇 시간도 지나지 않아 지역 신문은 오전에 있었던 명신동 A 아파트 추락 사건에 대해 보도했다. 놀랍게도 바로 옆집에 살던 여자였다. 나는 평소에 관심도 없던 뉴스를 한 자 한 자 꼼꼼히 읽었다.

그녀의 이름은 이라은, 나이는 만 29세였다. 자녀도 있었다. 다음 달 두 돌이 되는 남자아이였다. 이라은 씨는 평소처럼 아들을 등원시킨 후 청소, 설거지, 빨래 등 집안일을 마쳤다. 잠깐 숨을 돌리려 커피도 한 잔 마셨다고 했다. 그리고 열린 베란다 문으로부터 불어 들어오는 9월 끝자락의 선선한 가을바람을 쐬다가, 문득 아래를 내려다보았고 유서 한 장 없이 뛰어내렸다. 가정불화나 우울증 징후는 없었지만, 외부에서 침입한 흔적 역시 없었기에 경찰은 자살로 보는 편이 자연스럽다고 결론지었다.

휴대폰 스크롤바가 기사의 끝에 닿았을 때 나는 이렇게 나 산뜻한 죽음이 있을 수도 있구나, 하고 감동했다. 되먹지 않은 문구용 칼이나 들고 죽지도 않을 거면서 설치는 내 좀스러움에 반성한 건 물론이다.

그래서 더욱 후회스럽기도 했다. 젠장, 나는 대체 왜 진즉 이라은 씨의 얼굴을 알아두지 못했을까. 아버지가 사진 한 장 남겨두지 않아 이제는 가물가물한 어머니의 마지막을 그녀에게서 떠올릴 수 있으리라고는 상상조차 하지 못했다. 어쩌면 이라은 씨는 어머니의 먼 친척은 아니었을까. 몰래 그녀의 영결식에 참석해서 영정 사진이라도 보고 오는 건 어떨까. 분명 어머니의 생전 모습과도 닮은 구석이 있을 텐데….

"선우야."

아버지였다. 항상 내 생각이 대박의 조짐을 보이며 부풀고 있으면, 그걸 바늘로 콕 찔러 터뜨리는 사람이 아버지였다. 이런 시발.

"너도 오늘 그 자리에 있었냐?"

당연히 이라은 씨 사건을 말하는 거겠지. 나는 고개를 끄덕였다.

"금요일 한 시 반에 늘 가던 센터에 상담 예약 잡아 놨다. 잊지 말고 꼭 가서 꼭, 사실대로 다 말해라. 꼭이다."

'꼭'을 대체 몇 번이나 말하는 건가요, 아버지. 그 말만 던지고 아버지는 밖으로 나갔다. 거실에서 아버지와 여자들이 낄낄대는 웃음소리가 들렸다. 더 이상 아무 생각도 떠오르지 않았다.

불과 백 년 전만 해도 아귀는 어부의 그물에 걸려봤자 바다에 다시 버려지는 잡어에 불과했다. 그런 아귀가 요즘은 피처럼 새빨간 양념으로 버무려 사람들이 환장하고 먹는 인기 메뉴로 부상했다. 삶이란 그런 것이다. 누가 천하디천한 아귀가 이리 귀하신 몸이 될 줄 알았겠는가.

아버지만 해도 그렇다. 저 키 작고, 배 나오고, 심지어 머리까지 벗겨진 양반이 사람들에게 '사장님' 소리 들으며 대접받고 살 줄 누가 알았을까. 엄마와 결혼할 때만 해도 이런 비싼 아파트는 꿈도 못 꿔서 눈물겹게도 단칸방에서 신혼살림을 시작했다고 들었다. 어쩌면 이렇게 뻔한 이야기일까. 하지만 뻔한 이야기가 계속 반복되는 데는 이유가 있다. 인간의 삶이 본질적으로 욕망에 좌우되는, 뻔한 명제에서 출발하기 때문이다.

바닷가 마을에서 나고 자란 거 외에는 딱히 말할 거리도 없던 아버지는 – 사실 고향 앞바다에서는 아귀가 잡히지도 않았다 – 어머니가 몸을 풀자마자 잘난 비즈니스 감각만으로 젊음의 거리에 뜬금없이 '아귀 마을'이라는 식당을 차렸다. 놀랍게도 아버지의 비즈니스 감각은 천부적이어서 젊음의 거리와 전혀 어울리지 않는 키워드인 '아귀 마을'은 전국에서도 알아주는 맛집이 되었다. 심지어 그곳이 쇠락하여 주변 상가들이 공실이 되고 거리에 오가는 사람들이 뜸해져도 오직 아버지의 식당 앞만은 아귀 맛을 보려는 사람들로 북적였다. 나는 그 모습을 볼 때면 죽어가는 도시에서 먹이를 찾아 들끓는 좀비 떼를 보는 것만 같아 오싹했다.

애초에 아버지가 엄마를 사랑했던 적이 있는지부터 의문이었다. 내 기억에는 그런 순간 자체가 없으니까. 아무튼 돈을 많이 가진 사람에게서 엿보이는, 사랑도 돈만큼이나 많이 가져야 한다는 사고가 나는 지독히도 환멸스럽다. 가장 큰 문제는 상대방 의사와는 무관하게 자기 생각만을 관철하려 한다는 점이다. 적어도 내 아버지는 그랬다.

아버지는 식당이 번창하기가 무섭게 홀 서빙을 담당하던 어린 종업원과 바람이 났다. 제법 얼굴도 곱고 몸매도 좋은 여자였다. 왜냐하면 지금 같이 사는 그 여자가 여태껏 외모만큼은 솔직히 봐줄 만하기 때문이다. 남자야 뭐, 뻔하지 않은가. 야동만 해도 주인공이 예쁘지 않으면 김이 팍 새는데.

엄마에겐 안타깝지만, 아버지에게 그 여자는 놓치기 싫은 상대였나 보다. 몇 개월 만나다 마는 게 아니라 계산대에 들어앉혀 돈도 제법 쥐여주나 싶더니, 결국 딴살림을 차려 애까지 낳았다. 다시 말하자면, 아버지가 우리 엄마를 뒷방에 내치고 어린 첩년을 들여 자식까지 본 셈이다. 그런데 억울한 게, 둘이 너무나 당당히 저들 집에서고 식당에서고 종일 붙어 다니는 통에 사람들이 그 여자가 본처, 엄마는 첩이라고 오해하는 촌극이 벌어졌다. 존나 시발스럽게도.

하지만 꿋꿋이 버텼다, 엄마는. 그 연놈들의 머리채를 붙잡지도 않았을뿐더러 시도 때도 없이 아빠가 화살처럼 쏘아대는 이혼 요구에 응하지도 않았다. 평소처럼 내 밥을 짓고, 나와 블록 놀이를 하고, 나를 토닥이며 재웠다. 다만 밤에는 나 몰래 소주를 마셨다. 그래서 나는 초록색 병에 담긴 투명한 액체가 술이라는 사실을 초등학교에 들어가기 전부터 알게 되었다. 한 번은 열린 방문 틈으로 술잔을 넘기는 엄마와 눈을 마주친 적도 있었다. 하지만 나는 후다닥

문을 닫아버렸을 뿐, 다음 날 모른 척 일상을 살았다. 아마 엄마는 그렇게라도 마음을 달래지 않았더라면 더 일찍 죽었을지도.

지금도 의문이다. 엄마는 대체 무얼 위해 기를 쓰고 버틴 건지. 나를 위해서인지 자신을 위해서인지… 그것도 아니면 아빠를 위해서인지. 혹시 유산 때문이었을까? 당시 아빠가 마지못해 송금하는 생활비가 넉넉하진 않았다. 엄마와 둘이 먹고살기에 빠듯하단 걸 어리디어린 나도 눈치챌 정도였으니까. 아무튼 그렇게 몇 년을 더 살았다. 불행을 어떻게든 유보하며 억지로 행복한 척 애쓰면서.

무료하기 짝이 없던 겨울방학 중 어느 날, 신나게 연못에 얇게 언 살얼음을 돌로 깨뜨리다가 옷을 모조리 적시고 집에 돌아온 때였다. 남녀 둘이 대차게 질러대는 고성이 날아와 귓속으로 파고들어 칠렐레팔렐레 칼춤을 추었다. 엄마, 그리고 생일이나 명절 아니면 좀처럼 얼굴 보기 힘든 아버지의 목소리였다.

주제는 역시 '이혼'이었다. 그 여자의 딸이 드디어 입학할 때가 되었으니 그 일을 더 이상 미룰 수 없다는 게 아버지의 주장이었다. 어쩜 그리 뻔뻔한 소리를 저리도 당당히 외칠 수 있을까. 나는 잠시 본처와 그 아들이라는 존재는 이리 하찮고 가벼워 마땅한지 고민했다. 하지만 어린애의 생각에도 아닌 건 아닌 거였다. 아버지란 남자는 개자식이었다.

내가 잠시 멍청히 있던 사이 둘은 몸싸움까지 벌이고 있었다. 아니, 일방적으로 아버지가 엄마를 개 패듯 때렸다는 게 적절했다. 아버지는 엄마의 머리채를 휘어잡고 방바닥에 내동댕이쳤다. 그리고 주먹으로 얼굴을 마구 강타했다. 속절없이 부어오르는 얼굴, 코에서는 빨간 포스터컬러 같은 피가 흘러내렸다.

그 모습을 보자 들러붙어 있던 입술이 달싹이며 '엄마!' 라는 비명이 터져 나왔다. 순간 둘의 얼굴이 거실 입구 쪽에 멀뚱히 서 있던 나에게로 향했다. 동공이 풀려 멍하던 엄마의 눈도 이리저리 흔들리더니 제자리를 찾았다.

"네 새끼가 저기 있는데! 그런데 이혼, 이혼이라고? 지금 그런 말이 나와?"

나를 보자마자 엄마는 다시 힘이 솟는지 악다구니를 썼다. 아버지는 멈칫했다. 그러나 그것도 잠시뿐이었다.

"이년아, 그러니까 네가 빨리 이혼해 주면 되잖아!"

아버지는 내 앞에서도 보란 듯이 엄마의 뺨을 때렸다. 나는 왈칵 눈물이 쏟아졌다. 그래서 와다닥 달려가 엄마를 감싸안고 아버지에게 애원했다.

"때리지 마세요, 우리 엄마 제발 때리지 마세요."

모자가 엉겨 붙어 있는 모습을 보며 아버지는 이마에 손을 가져다 대고 어휴, 하며 한숨만 쉬었다.

그때였다.

"그래, 어디 한 번 살아 봐. 마누라랑 아들자식 버리고 살아 봐! 얼마나 잘 사는지 내가 똑똑히 지켜볼 테니까."

엄마는 바닥에 주저앉은 상태로 아버지를 매섭게 노려보았다. 그러고는 어디서 그런 힘이 나왔는지 내 손목을 잡아당기며 베란다로 돌진했다. 그렇게 우리 모자는 가볍게, 아주 가볍게 이승과 저승의 울타리를 훌훌 뛰어넘었다.

"야! 미쳤어?"

결국 아버지의 목소리가 내 옷자락을 붙잡았던 기억이 난다. 아니, 붙잡은 건 내 손이었다. 아버지는 미친 듯 달려와서 내 오른손을 낚아챘다. 그리고 내 왼손은 엄마가 쥐고 대롱대롱 늘어졌다. 온몸이 양 갈래로 찢어지는 것 같았다.

그게 마지막이었다, 엄마와의 기억은. 허공에서 엄마가 나를 올려다보던 장면, 아스팔트 바닥에 엄마가 누워 있던 장면, 화장터에서 엄마가 누운 관이 불타던 장면, 엄마와 살던 집에서 이사하던 장면 등이 찢긴 종이조각처럼 드문

드문 떠오를 뿐.

물론 모든 순간을 기억하지 못한다 해도 사는 데 지장은 없으리라. 그런데도 누구나 꼭 기억하고 싶은 그리움이 있지 않은가. 그게 바로 엄마의 얼굴이다. 내 머릿속에 남아 있는 모든 장면 가운데 엄마의 얼굴만은 모조리 삭제되고 없다. 아빠가 죽은 년의 것들, 부정 타서 재수 없다고 모조리 태워 버려서. 어느새 훨훨 날아가버린 엄마의 얼굴. 이라은 씨의 죽음을 목격한 후로 내 그리움은 더욱 강렬해졌다.

그날 이후, 나는 얼굴을 찾아 헤맸다. 유튜브, 인스타그램, 트위터, 스레드 등 온갖 SNS에 무차별적으로 살포된 얼굴 사이를 헤매며 기억에서 지워진 지 오래인 엄마의 얼굴을 복원하려 애썼다.

그녀는 햇빛을 받으면 밝게 빛나는 갈색 머리카락을 늘 하나로 묶고 지냈다. 그래서 오직 머리를 감고 나와 드라이기로 말릴 때만 길게 푼 모습을 볼 수 있었다. 나는 촉촉이 젖은 머리카락을 빗는 그녀가 꼭 인어 같아서 다시 묶지 말라고 조르곤 했다.

아랫입술에는 내 새끼손톱만 한 각질이 하나, 문신처럼

달라붙어 있었다. 한 번은 그게 너무 꼴 보기 싫어서 밥을 먹다 말고 내가 억지로 떼어냈다. 단단히 달라붙어 있던 피부 껍질을 갑자기 뜯자 입술에서 피가 철철 흘렀다. 나는 혼날까 봐 억지로 눈물을 짜내어 우는 시늉을 했는데 엄마는 화내지 않고 도리어 내 머리만 쓰다듬었다.

엄마의 얼굴을 떠올리려 하면 마치 노른자처럼 샛노랗고 포근한 광채 속에서 이처럼 머리카락과 입술만 둥둥 떠있는 여자의 이미지가 나타났다. 그나마 입꼬리라도 올리고 있어서 다행이었다. 하지만 그 모습은 얼마 지나지 않아 고공낙하의 충격으로 광대뼈가 무너지고 눈동자는 튀어나와 피로 얼룩진 괴물로 바뀌고 말았다. 흡사 고추장에 버무린 아귀 대가리 같기도 했다. 결국 또 이렇게 엄마를 만나지 못하는 것이다. 게다가 사망 기사가 뜨고 열흘도 지나지 않아 사다리차를 들인 옆집을 보며 나는 더욱 깊은 좌절에 빠졌다.

몇 시인지도 몰랐다. 나는 하얀 반팔 티셔츠에 트렁크 팬츠 바람으로 아파트 계단을 오르고 있었다. 벽에 붙은 숫자를 보니 4층, 집은 402호였다. 지금 왜 여기 서 있는지 알길이 없었지만, 아무튼 돌아가야 했다. 어쩌면 몽유병일지도.

계단을 올랐다. 그런데 나 말고도 다른 이의 발소리가 들렸다. 걸음을 멈추고 귀를 기울였다. 위에서 들리는 소리였다. 다섯 단쯤 위에 회색 원피스를 입은 여자 한 명이 계단을 오르고 있었다. 분명 조금 전까지 나밖에 없지 않았나, 의아했지만 일단 제정신이 아닌 쪽은 내가 분명하니 따귀를 두어 대 때린 다음 다시 오르기 시작했다.

그런데 여자의 옷차림이 어딘지 모르게 익숙했다. 분명 뒷모습을 본 적 있다는 생각이 들었다. 누굴까… 어디에서 봤을까… 저기요, 잠깐만요! 불러도 여자는 돌아보지 않았다. 결국 나는 걸음을 빨리해서 여자를 붙들 수밖에 없었다. 잠깐만, 잠깐이면 돼요! 그렇게 여자의 몸을 홱 뒤로 돌린 순간, 나는 소스라치게 놀랐다. 그래, 우리 그때 만났었죠. 망그러진 당신 얼굴을 보니 생각나요. 당신, 바로 이라은 씨잖아요!

눈을 떴을 때는 팬티가 흠뻑 젖어 있었다. 반드시 엄마의 얼굴을 찾고 말 테다. 이러다가 매일 잠도 제대로 못 잘 판이다.

나는 유령과 섹스라도 한 듯한 흔적이 남은 속옷을 움켜쥐고 살금살금 화장실로 갔다. 두 시 반, 집 안은 쥐 죽은 듯 조용했다. 세면대에서 치덕거리기 한창일 때 뒤에서 누가 말을 걸었다.

"뭐해?"

"시발, 깜짝이야!"

수아였다. 대학에 붙었답시고 발랑 까져 돌아다니는 역겨운 년.

"화장실에서 뭐 하냐고."

분명 다 알면서 웃는 얼굴이다. 얕봐서는 안 된다. 누가 뭐라 해도 그 여자 딸이니까.

"네가 뭔 상관이야. 꺼져."

나는 왼손에는 팬티를 꼭 말아 쥐고 오른손으로는 휴대폰을 챙기면서 수아 곁을 지나쳤다. 갑자기 수아가 내 팔을 붙들었다.

"오빠는 왜 이렇게 비밀이 많아?"

하, 그 여자 딸 아니랄까 봐. 뭘 이렇게 속속들이 알아내려고 하는지 알 수가 없다. 나는 고개를 숙인 다음, 수아의 눈을 최면 걸듯 빤히 바라보았다.

"최수아, 잘 들어. 밤중에 다 큰 남자와 여자 사이 있는 일이라면 뭐든 비밀인 거야. 알겠어?"

수아는 고개를 휙 돌리더니 마지못해 끄덕였다. 조명 때문인지 더워서인지 한쪽 뺨이 약간 붉어지는 것도 같았다.

"그래, 오빠는 할 일이 있어서 방으로 간다."

그렇게 스무 살짜리 간교한 계집애를 겨우 떼어내고 나는 도망칠 수 있었다.

불쾌한 배설 후에도 찌꺼기는 남아 있어서 휴대폰으로 음담패설이나 찾아보던 중 한 줄기 빛이 머릿속을 스쳐 지나갔다. 그래, 죽은 여자의 얼굴을 찾자. 기왕이면 막 떨어져서 김이 모락모락 나는, 짓뭉개져서 형체조차 알아볼 수 없는 얼굴을. 마치… 이라은 씨처럼. 그러면 뭔가 떠오르지 않을까?

그런데 그런 여자를 어떻게 찾을 건데?

그까짓 거… 아무나 확 밀어버리면 되지.

머릿속에서 사람들이 들으면 호되게 경칠 생각이 솜사탕처럼 몽글몽글 피어났다. 피식 웃음이 터졌다. 못 할 일도 아니다. 나는 아귀 마을 사장의 못난 아들이 아니던가. 인스타그램부터 뒤져 보자. 이 좆같은 세상에서 죽고 싶은 인간이 없을 리 없다.

몇 번만 검색창에 단어를 넣다 보면 유해 키워드 입력을 피하기란 일도 아니었다. 알고리즘은 마법처럼 나를 목적지로 인도했다. 사용자 이름은 SW. 편의상 S로 부르기로 한 여자가 바로 내가 찾는 주인공이었다. 그녀의 피드는 온통 제 흉통을 긁은 사진들로 가득했다. 훌륭한 작품에 대한 설명으로 '자살마렵다'라는 태그를 단 것은 물론이었다. 그야말로 나의 뮤즈로 안성맞춤인 여자였다.

나는 흥분을 가라앉히지 못해서 곧바로 S에게 DM을 보냈다.

나 : 자살마렵다자살마렵다자살마렵다.

S : 씨발.

S : 씨발, 너 뭐야?

나 : ㅎㅎ

S : 미친놈.

나 : 왜, 궁금해?

S : 아니.

나 : 걍 아직도 뒤지고 싶나 궁금해서 물어봄.

S : 그게 왜?

나 : 하도 죽고 싶다고 노래를 부르길래.

나 : 안 뒤지나 싶어서.

S : 니가 먼데 지랄이야?

나 : 나 니 애비.

나 : ㅎㅎ

나 : 나 니 오래비.

나 : ㅎㅎ

S : 너나 죽어.

효율이 전혀 없어 보이는 대화였지만, 나는 S가 보이지 않는 상대에게 세우던 경계가 조금 허물어졌음을 느낄 수 있었다. 그래서 시답잖은 잡소리는 집어치우고 본론을 이야기하기로 했다.

나 : 같이 죽자, 우리. 내일 어때?

막상 DM을 보내긴 했지만 떨렸다. 당연히 응하리라는 확신이 100%에 미치지 못했기 때문이다. 잘 쳐줘야 절반인 50%. S는 그 뒤로 한참 동안 말이 없었다. 미친놈이라여기고 까였나 싶어서 나는 또 다른 여자를 찾기 위한 검색을 시작하려던 참이었다.

S : 좋아. 어디서, 몇 시에?

성공이다. 나는 S와 다음 날 저녁 7시, 동남 은행 앞 버스 정류장에서 만나기로 약속했다. 그런 다음 근처 모텔 가장 높은 층에 있는 방을 빌려서 함께 술을 마신 후 뛰어내리기로. 사실 S는 칼로 자해하는 데 익숙해서인지 추락사는 꺼리는 기색이었다. 그래서 나는 뛰어내릴 때 분비되는 도파민 양이 오르가슴의 100배 이상이라는 둥 바닥에 닿기 전 이미 심장 박동이 정지하기에 고통이 전혀 없다는 둥 그럴싸한 거짓말로 S를 설득했다.

물론 나까지 뛰어내릴 생각은 없었다. 그저 함께 근사한 단어로 버무린 유서를 쓴 다음, 그녀가 죽는 모습을 관망하고, 처참하게 뭉개진 얼굴이나 구경할 생각이었다. 그러면 분명 완성되겠지, 계속 나를 따라다니는 불분명한 이미지가.

버스 정류장에 도착한 시각은 6시 57분. 아직 3분이 남아 있었다. 정류장에는 여자라고는 머리카락 한 올도 보이지 않았다. 나, 빨간 털모자를 눌러쓴 할아버지, 원래부터 제자리인 양 발열 벤치에 폴짝 뛰어올라 식빵이나 굽는 길고양이 한 마리가 전부였다. 혹시 안 오는 건 아니겠지, 불안하기도 했지만 나는 조금 더 기다려 보자고 마음먹으며 휴대폰으로 DM만 계속 확인했다. S에게는 아무런 연락도 없었다.

그때였다.

"오빠!"

뒤에서 누가 내 어깨를 와락 붙잡았다. 뒤를 돌아보니 망할, 수아였다. 왜 하필 여기서 만난 걸까. 아무튼 재수라곤 없는 년이다.

"꺼져."

나는 고개를 홱 돌리고 다시 휴대폰을 쳐다보았다. 그러나 수아는 가지 않고 옆에서 뻣뻣이 버티고 있었다.

"누구 기다리는 거 아냐?"

"상관 말고 꺼져."

옆에서 종알대는 수아 때문에 나는 혹여라도 S가 그냥 가버릴까 봐 걱정됐다. 아직도 딱히 DM이 온 건 없었다. 초조해지면서 점점 화가 치밀었다.

"아, 좀 가라고! 만날 사람 있다고!"

결국 소리를 지르고야 말았다. 길거리에서 계집애에게 고함치는 내게 힐끔대는 시선이 느껴졌다. 그래도 수아는 가지 않았다. 오히려 나를 빤히 올려다보며 되바라지게 물었다.

"누구 기다리는데? 설마 S?"

시발. 나는 망치로 머리를 한 대 얻어맞은 느낌이었다. 이 쌍년한테 놀아났구나. 분노가 일기도 했지만 무엇보다 부끄러워서 뒤돌아 걷기 시작했다. 뒤통수에 '오빠'를 애타게 부르며 뛰어오는 소리가 박혔다.

"기다려. 내 이야기도 들어 줘. 오늘 약속한 거 진심이야. 정말 지키려고 나온 거야. 거짓말 아니었어. 난 항상 오빠 좋아했다고."

"닥쳐."

"왜 오빠만 몰라! 내가 오빠 좋아하는 거. 죽으면 되잖아! 오빠가 같이 죽자면 죽을 테니까 제발 좀 멈추라고!"

느닷없이 계집애가 울먹거리며 죽는다고 길바닥에서 소리를 지르는데 어이가 없었다. 진짜 죽을 마음이나 먹고 저딴 소리를 지껄이는 걸까? 시발. 그래, 죽어라. 죽는다면 죽여 주지. 단, 절대 번복할 수는 없는 거야.

나는 저만치 뒤처져 있던 수아를 향해 빠른 걸음으로 다가갔다. 그리고 울고 있는 그 애를 꼭 안았다.

"진짜 같이 죽자면 죽을 거야?"

"응….."

수아는 코를 한 번 킁 풀면서 대답했다. 어쩌면 생면부지

남보다는 나을지도 모른다. 나는 그렇게 수아를 데리고 계획을 실행하기로 했다.

　기차역 근처에는 하늘을 찌를 듯 높게 솟은 호텔이며 모텔이 얼마든지 있었다. 나는 그중에서 오직 높이만을 고려하여 장소를 선정했다. H 비즈니스호텔. 말이 호텔이지 사실 모텔과 다름없는 곳. 아버지가 쓰라고 준 카드로 나는 당당히 꼭대기에 있는 온돌 룸을 예약했다. 원래 더 많은 인원을 위한 방이었지만, 바닥에서 술을 퍼마시며 진상을 떨기에 이보다 좋은 장소는 없었다.

　수아와 단둘이 호텔에 온 건 처음이었다. 뭘 기대했는지 모르겠지만, 수아는 기대 이하의 룸 컨디션에 꽤 실망한 표정을 지었다.

　"놀러 왔냐?"

　"아니…."

　"스위트 룸, 뭐 이런 데 상상한 거야? 죽으러 왔으면서, 뭘. 바닥에 술이나 깔아."

　나는 여기서까지 곱게 자란 티를 내는 이복 여동생이 꼴보기 싫어서 일부러 짜증을 냈다. 수아는 군소리하지 않고 비닐봉지에서 소주와 맥주, 종이컵과 마른안주 등을 꺼내

바닥에 늘어놓았다.

애는 어떻게 생각하는지 모르겠지만, 물론 아까 나를 좋아한다고 말하긴 했지만 진심은 아니라고 생각한다. 나는 단 한 번도 수아를 친동생으로 여긴 적이 없었다. 오히려 내게는 생존을 위협하는 적일 뿐이었다. 사실 내게서 엄마를 빼앗아 간 것도 따지고 보면 수아가 태어났기 때문 아니던가? 애가 아니었다면 적어도 그 여자가 첩년으로 들어앉을지언정, 나는 엄마와 아버지를 모두 두고 어찌저찌 자랄 수 있었을지 모른다. 그런데 이 삶을 깨뜨린 게 바로 저 최수아란 년이다. 난 정말이지 저년이 증오스럽다. 오늘 기필코 죽이고 말 거다, 반드시.

"술은 잘 마셔?"

종이컵에 소주와 맥주를 섞어서 따르며, 나는 수아에게 물었다. 그 애는 고개를 끄덕였다. 조금 의외였다. 나와 다르게 그 여자와 아버지까지 그리도 싸고도는 저 애가?!

"예전에 푸꾸옥 갔을 때 엄마가 마시던 와인 한 잔."

대답을 듣자 나는 실소가 터졌다. 와인, 와인이라….

"이건 와인하고 좀 달라. 더 독한 술이야. 마셔 볼래?"

또다시 고개를 끄덕였다. 나는 종이컵을 건넸다. 그 애는 겁도 없이 그대로 쭉 들이켰다. 그러더니 명치를 주먹으로 마구 두드렸다.

"야! 이거 음료수 아니라 술이라고! 누가 그렇게 마시냐."

"속에서 불나는 거 같아, 오빠."

"멍청하게 한 번에 비우니까 그렇지. 그리고 자꾸 오빠라고 하지 마. 짜증 나니까."

"그럼, 뭐라고 불러?"

벌게진 얼굴로 수아는 빤히 나를 올려다보았다. 글쎄, 뭐라고 불러야 할까? 생각해 보니 마땅히 부를 말도 없었다.

"아, 그냥 이름 불러. 이름."

"선우?"

"그래, 그냥 선우."

"선우야."

우리는 계속 소주와 맥주를 섞어 마셨다. 처음에는 맥주 비율이 80%, 소주 비율이 20%였던 게 점점 마실수록 알딸딸해지면서 어찌 섞는지도 모를 만큼 취해 버렸다. 우리는 안주도 제쳐두고 마구 퍼마셨다. 생각보다 수아가 주는 대로 잘 받아 마셔서 의외였달까.

"근데 넌 왜 뒤지고 싶은 거야?"

수아에게 물었다. 사실 별 고민도 없어 보이던 애였다.

아귀 마을 공주님씩이나 되면서 죽고 싶을 만큼 힘든 일이 있단 것도 이상했다.

"나?"

질문을 들은 수아는 갑자기 소주만 종이컵에 가득 따르더니 단숨에 비웠다. 그리고 갑자기 소리를 빽 질렀다.

"내가 너를 좋아하니까. 이 나쁜 놈아."

정말 당황스러웠다. 얘가 뒤늦게 가족 정체성에 혼란이라도 온 걸까. 아무리 아버지의 피만 섞였다지만 그래도 혈육인데, 너무 데면데면하다 보니 머리가 이상해진 건 아닐까.

"나, 너 좋아한다고! 어릴 때부터 나 때문에 항상 치여 사는 너만 보면 안고 싶고, 위로하고 싶었다고! 엄마가 너 구박할 때면 내가 대신 싸우고 싶었고…. 그러지 못하는 내가 비겁해서 항상 미안했고…. 아빠가 엄마 눈치 보면서 네 방문 앞에서 서성이는 모습 볼 때면 내가 대신 밀어넣고 싶었다고, 이 바보야!"

말을 마친 수아는 목 놓아 울기 시작했다. 제 딴에는 애타는 로맨스였겠구나, 싶어서 나는 헛웃음이 나왔다. 결코 다른 감정은 들지 않았다. 하지만 욕망은 일었다. 분명 그 둘은 다른 것이었다. 취기를 붙잡고 들여다보는 그 애의 얼굴은 제법 예뻤다. 눈도 크고, 몸매도 좋고. 역시 그 여자의 딸이었으니까. 나는 수아 곁으로 슬금슬금 다가갔다.

"좋아하면 오빠랑 키스할래?"

수아는 울다 말고는 입을 헤벌린 얼굴로 나를 쳐다보았다. 그 모습은 정말이지 확 덮치고 싶을 정도로 유혹적이었다. 아주 잠깐 이래서는 안 된다는 생각도 들었지만, 아무려면 어떤가. 우리는 한참을 그렇게 부둥켜안고 있었다.

내가 한참 그 애 귀 뒤를 킁킁대면서 왜 술을 마셨는데 알코올 냄새가 아닌 바다 향이 느껴지는 걸까, 하고 생각하고 있을 때였다. 수아가 간지러운지 몸을 뒤틀면서 중얼거렸다.

"나, 너무… 좋아… 이제 죽기 싫어, 나 안 죽을 거야…."

나는 또다시 망치로 머리를 한 대 얻어맞은 기분이었다. 아, 이제 두 대째인가.

순간 싸늘하게 식어버린 나는 그 애를 내 몸에서 떼어냈다. 그리고 물었다.

"시발, 뭐라고?"

"너무… 좋다고…."

갑자기 돌변한 태세에 수아는 겁에 잔뜩 질려 있었다. 움츠러든 몸으로 간신히 대답했다.

"그거 말고! 그 뒤에 한 말!"

"뭐? 모르겠는데…."

"모르긴 뭘 몰라! 죽는다, 어쩐다고 한 말 있잖아!"

"아, 죽기 싫다고 그랬어. 이제 안 죽을 거라고 그랬어…."

수아는 손을 휘휘 내저으며 안심하라는 듯 말했다. 마치 자신의 안녕이 내 행복이기라도 한 것처럼. 나는 그만 폭발하고 말았다.

"이 쌍년이, 뭐가 어쩌고 어째? 안 죽어? 너, 나랑 장난해?"

분명히 죽겠다고, 심지어 뛰어내리겠다고 약속까지 한 후 이곳으로 오지 않았던가. 그런데 고작 키스 한 번 했다고 갑자기 안 죽겠다니.

"최수아, 잘 들어. 난 너 같은 년이 제일 싫어. 알겠어? 존나 혐오한다고."

나는 수아의 목을 조르기 시작했다. 그 상태로 일으켜 세운 후 그대로 활짝 열려 있던 창까지 끌고 갔다. 수아의 등허리가 휘어져 몸이 빨래처럼 창틀에 걸렸다.

"첩년의 딸이 누굴 좋아해? 시발! 네년 엄마의 잘난 사랑 때문에 내 엄마가 죽었어. 너도 죽어, 그냥!"

수아의 얼굴이 점점 시퍼레지고 있었다. 그러거나 말거

나 나는 있는 힘을 다해 목을 졸랐다.

　마지막으로 시간을 확인했을 때는 밤 11시였다. 전화벨이 울렸다. 수아의 휴대폰이었다.

　"안녕하세요, 아귀 마을입니다. 안녕하세요, 아귀 마을입니다…."

　언젠가 라디오 광고로도 방송되었던 아버지와 그 여자의 다정한 목소리. 나는 맥이 탁 풀렸다. 슬쩍 풀어진 손아귀 틈으로 가늘고 희미한 목소리가 더듬더듬 새어 나왔다.

　"미… 안… 해…."

　일평생 누구에게도 한 번 들은 적 없던 말이었다.

　나는 순간 그 애의 목을 조르던 두 손을 놓아버렸다. 수아의 몸이 휘청이며 그대로 창밖으로 떨어지려 하는 걸 붙잡아서 방바닥에 내팽개쳤다. 그리고 곧장 욕실로 도망가서 문을 잠갔다.

　밖에서는 수아가 캑캑거리는 소리가 들렸다. 나는 그게 듣기 싫어서 수도꼭지를 돌려 물을 틀었다. 고개를 들어 거울을 보았다. 분노, 후회, 자책, 열등감으로 얼룩진 얼굴.

　찾았다, 엄마의 얼굴이 여기 있었다.

Episode

——————————— 해방

"나와 함께 갈 거지? 이곳은 너무 구질구질하잖아."

달콤한 말이었다. 말 한마디 한마디를 혀끝에서 모질게 끄집어내야 하는 언어장애인으로 전락한 나. 국어 교사라는 직업도 잃고, 유일한 가족이던 어머니 역시 소천한 지 오래였다. 어느새 뻐꾸기 둥지 같은 더벅머리에 거뭇한 수염이 턱에 빽빽한 꼬락서니가 초라하기 짝이 없었다. 이제 누가 나를 멀끔한 양복을 입고 교단에서 분필을 쥐던 선생이었다고 생각이나 할까.

반면에 저이는 까마득한 지하 세계에서 왔다는 사실이 믿어지지 않을 정도다. 반지르르 윤이 나는 정장에 푸른빛 감도는 타이를 하고, 누구에게나 쉽게 어울리지 않을 중절모까지 멋들어지게 눌러쓴 모습에 탄성이 절로 나온다. 저승에서 온 사자(使者)라는 이가 어쩜 저리 매혹적일까. 중후한 목소리로 현생에 이별을 고하라고 유인하는 저이는 나 어릴 적 세상을 떠났다는 아버지라고 한다.

사자(使者)로 아버지를 보내다니 염라대왕이 인생 게임의 첫판부터 조커를 내민 격 아닌가. 그뿐만 아니라 유혹을 위한 제안 역시 지나칠 정도로 파격적이다. 일단 저승으로 오기만 하면 내가 원하는 젊은 날의 모습으로 영원히 지낼 수 있다고 하니···. 언어를 잃어버린, 이 너절한 육신 따위는 어서 던져버리라고, 아버지는 속삭였다. 그곳에선 뇌 반절이 돌처럼 굳고 마는 고통 따위는 없을 거라며.

"병신으로 사는 삶 따위 지겹지도 않으냐?"

만약 지금 이 제안을 거절한다면, 나는 앞으로도 한참을 이승에서 비루한 언어장애인으로 살다 떠날 테지. 그때도 이렇게 구미 당기는 말을 던질 사자(使者)가 또 온다는 보장이 없다는 사실은 자명하다.

이미 답은 정해져 있었다. 그래도 고민하는 시늉이라도 해야 했다. 어쨌건 나는 지금 사자(使者)와 협상하는 중이니 말이다.

아버지, 아니 사자(使者)는 채근하였다.

"아들아, 이제 진짜 결정할 때로구나."

나는 대답했다.

"아니요, 저는 이곳에 남겠습니다."

그 순간, 두 번 다시 발음하지 못할 줄 알았던 음운들이 절묘하게 결합한 의미가 되어 입술 밖으로 치고 나왔다.

내게 가족이란 유일한 존재, 오직 어머니뿐이었다. 내가 떠올릴 수 있는 가장 어린 시절까지 기억을 거슬러 올라가 보아도 슬레이트 지붕 아래 자리한 노란 담벼락 집에는 나와 어머니, 오직 둘뿐이었다. 물론 그녀는 동정녀 마리아가 아니었기에 홀로 나를 잉태할 수는 없었지만 말이다.

아버지는 글을 쓰는 남자였다고 했다. 180cm를 훌쩍 넘기는 키에 짙은 눈썹, 날카로운 눈매가 수려하여 많은 여인네가 그를 연모했다고, 빨래를 개던 어머니는 흘리듯 이야기했다.

"어머니는요? 어머니도 아버지를 연모하셨나요? 그럼, 아버지는요?"

흥분하여 목소리가 커진 나의 물음에 어머니는 그저 한쪽 입꼬리만 씰룩하더니 입을 다물어버렸지만 말이다.

그도 그럴 것이, 아버지는 가난한 형편 때문에 마을에서 이름난 땅 부자였던 최 씨의 외동딸인 어머니와 마음에도 없는 선을 봤다. 스물셋까지 남자라곤 제 아비밖에 몰랐던 어머니는 다방에서 말보로 담배만 뻐끔뻐끔 피우던 아버지의 모습조차 그리 멋있어 보였더랬다. 그래서 여느 동네 처녀애들처럼 작가 청년을 향한 열렬한 사랑에 빠졌고, 외할아버지에게 그이와 결혼을 시켜 달라 조르기 시작했다.

그것이 어머니 평생의 불행이 될 줄이야 상상이나 했을까. 처음에는 시큰둥한 청년의 태도가 영 못마땅하더라는 외할아버지도 딸의 생떼를 물리칠 도리가 없었다. 결국 심씨네에 논 몇 마지기를 넘기기로 약조하고 혼인이 성사되었다. 사랑과 돈의 거래로 이루어진 결혼, 애초에 행복을 바랄 수 없는 시작이었다.

친가의 돈줄을 보전하게 된 아버지는 그때부터 글을 쓴답시고 거들먹대며 밖으로 나돌기만 했다. 어머니에게 줄 사랑 따위는 애초에 없었다. 덕분에 어머니는 그토록 원하던 결혼을 하였음에도 외로움의 굴레를 스스로 뒤집어쓴 생과부 신세가 되고 말았다. 웃으면 초승달처럼 환한 눈에서는 매일 눈물 마를 날이 없었다.

나를 잉태하던 날도, 출산하던 날도 아버지는 술을 마셨다. 혼인 후로도 어머니에게 손끝 하나 대지 않던 아버지는 어느 날, 잔뜩 술에 취한 나머지 몸도 제대로 가누지 못한 채, 친구라는 작자에게 질질 끌려 집에 돌아왔다. 그리고 안방에 눕혀 이부자리를 봐주던 어머니를 무엇에 씐 사람처럼 덮쳤다. 딱 그 하룻밤에 아이가 들어섰지만, 아버지의 태도는 그 뒤로도 달라지지 않았다.

가슴 치며 지새우는 밤이 너무 많았던 탓인지 나는 어머니의 자궁 속에 편히 머무를 수 없었다. 그래서 달도 채우지 못하고 팔삭둥이로 태어났다. 어머니가 느닷없이 해산했다는 소식을 동네 사람에게 전해 듣고도 아버지는 홀로 대폿집에서 소주만 진탕 마셨다고 한다. 주인장이 가게 문을 닫는다고 내쫓을 때까지 그곳에서 죽치고 앉아 있던 아버지는 새벽달이 훤할 때쯤 집에 돌아오는가 싶더니, 어이없게도 동구 밖 저수지에 스스로 뛰어들어 죽고 말았다.

그가 자살한 이유가 그저 이백(李白)처럼 물속의 달을 건지고 싶었던 건지, 나란 존재의 탄생이 너무나 끔찍했던 건지, 아버지란 이름으로 불리는 게 몸서리치게 싫었던 건지는 영원히 알 수 없다. 다만 내 생일은 단 한 번도 축하받지 못했다는 것. 그것만으로도 아버지는 내게 증오의 대상이었다.

아버지가 작가였음은 진실이었다. 그는 소설을 썼다. 어슬렁대며 다방이며 술집이나 휘젓고 다닌 한량 주제에 몇 편의 글을 남겼는데, 그것들이 또 유작이라는 이름값이 붙어 유명세를 치렀으니, 나로서는 기가 찰 노릇이었다.

"알량한 인세라도 들어오니 잘된 일이네요."

"그런 소리 말거라. 아버지는 훌륭하신 분이야."

어쩌면 아버지는 위대한 작가였을지도 모른다. 평론가들은 아버지의 소설을 두고 '안개의 미학을 섬세하게 구현한 수작'이라고들 떠들어댔다. 그렇다. 그의 소설은 대부분 안개 자욱한 소도시를 배경으로 삼았다. 시내 중앙을 하천이 가로지르고, 그 끝은 바다와 맞닿는…. 새벽이면 차가운 바닷바람과 맞닿은 대기는 그대로 얼어붙어 버린 수분의 결정을 토해 내고, 안개는 도시를 감싸는 장막이 되어 인간의 호흡을 틀어막는 공포. 그 가운데 저벅저벅 걸어가면 닿는 골목 끝 노란 담벼락의 집. 그 치밀한 묘사는 나와 어머니가 살았고, 살고 있으며, 살아갈 곳과 정확히 일치했다. 아버지는 대체 어떤 마음으로 일생을 보낸 것일까?

아버지의 작품 중 최고의 걸작으로 꼽히는 《세상의 끝》은 사랑 없이 세속적 욕망만으로 결혼한 남자가 안개에 파먹혀 들어가다 종국에는 육신을 잃어버리고 마는 비극이다. 대체 어디까지 어머니를 욕보일 셈이었는지. 나는 이따위 쓰레기만도 못한 글을 쓴 아버지에게도, 거기에 '욕망의 좌절'이니 '예술적 단죄'와 같은 헛소리를 늘어놓는 문단 사람들에게도 침을 뱉고 싶었다. 그는 작가로서는 위대할지도 모르나, 남편 혹은 아버지로서는 차라리 없는 게 백배 나왔다.

　그래도 내 혈관에는 어쩔 수 없는 심 씨의 피가 흐르고
있었다. 어머니가 차마 버리지 못하고 창고에 묵혀 둔 시집
이며 소설들을, 나는 어렸을 적부터 참 좋아했다. 오랜 비
밀과 거미줄로 가득 찬 먼지 구덩이 속에 궁둥이를 붙이고
앉아 활자를 읽어 내려가는 어린 내 모습을 보고, 어머니는
내가 어쩔 수 없는 아버지의 아들임을 직감했다.

　그래서 결국 자물쇠를 걸어 깊숙이 넣어두었던 아픔을
모두 꺼내어 내 방으로 옮겨주셨다. 나는 그런 어머니의 속
도 모르고 등을 밝힌 채 밤마다 책을 읽었다. 《젊은 베르테
르의 슬픔》도, 《빈처》도, 《나는 고양이로소이다》도, 등신같
이 아버지의 글인 줄도 모르고 《세상의 끝》도 읽었다. 매일
같이 읽고 또 읽었다.

　언제부턴가 나는 선생님들께 '문학 소년'이란 별명으로
불리게 되었다. 겉으로 차마 드러내지 못하는 어머니셨지
만, 그런 내가 내심 자랑스러운 듯하였다. 시간이 흘러 고3
이 되고 대학 진학을 결정하는 순간이 오자, 어머니는 내게
국어교육과에 가는 건 어떻겠냐고 말씀하셨다.

　"너는 글 읽기도 좋아하고 사람들에게도 다정하지 않

니…."

말끝을 흐리는, 그녀의 표정을 볼 때야 비로소 나는 어머니가 그 긴 세월 동안 아버지를 쭉 그리워하고 있었음을 깨달았다.

사랑이 무엇이길래 일평생 냉랭하기만 했던 아버지가 저리 그리운 것일까. 나는 어머니를 보며 어느 여류 시인의 〈그리움〉이란 시를 떠올렸다. 그리고 몇 년 후, 국어 교사가 되었다. 삶이 온통 그리움이었던 내 어머니를 위하여….

하지만 그 선택이 나조차도 구렁텅이에 빠뜨릴 거라고는 예상치 못했다. 그저 즐겁게 문학을 공부하고, 어머니에게 책을 읽어드리고, 학생들과 토론하고 싶었던 나였다. 하지만 교단에 서기 전에는 미처 생각지도 못했던 문제가 있을 줄이야….

나는 학생들과 교과서에 실린 많은 작품을 읽고, 또 읽었다. 그중에는 한국 문단의 대가로 자리 잡은 아버지의 소설도 있었다. 신문이나 문예지에서 수사를 사용해 돌려 말한 평론은 이제 와 돌이켜보니 감사할 지경이었다. 시험을 대비하기 위한 고교 수업에서는 아버지의 소설이 사건 현장의 하나뿐인 다잉 메시지라도 되는 양 그 속에서 있지도 않은 의미를 찾아내고 또 찾아내야 했다. 덕분에 나는 학생들에게 내 입으로 우리 아버지는 어머니를 사랑하지 않아 스스로 안개에 파먹혀 죽어갔노라고 외치는 꼴이 되고 말았다.

살이 갈기갈기 찢기는 고통이었다. 차라리 조개껍데기처럼 입을 꽉 다물고 싶을 때가 한두 번이 아니었다. 특히 '그녀를 볼 때마다 돈 몇 푼에 나를 팔아버린 비참함에 차라리 콱 죽어버리고 싶었다.'란 문장을 읽을 때면 내가 태어나던 날, 환한 달빛 아래 축복처럼 물속으로 걸어 들어갔을 아버지의 모습이 떠올라 수치심이 극에 달했다.

나는 그 글귀를 1반부터 9반까지 무려 9번을 학생들과 소리 내 읽었다. 많은 학생이 그의 고결함에 손뼉을 쳤지만, 치밀어 오르는 역겨움을 수업 내내 견디는 고역을 나는 운명이란 이름으로 치러야만 했다.

"와! 이 소설, 진짜 선생님 아버지께서 쓰신 거예요?"

어떻게 알게 되었는지도 모르겠다. 그러나 악의 없이 던지는 학생의 질문에도 내 얼굴은 벌겋게 달아오르는 지경이 되고 말았으니….

그런데도 사직서를 던질 수 없었던 건 매일 같이 정성스레 내 양복을 다리는 어머니, 어머니 때문이었다. 굳이 그렇게까지 칼같이 떨어지는 정장을 입지 않아도 된다고 몇 번이나 말해도 어머니는 "국어 선생이라면 이렇게 입어야지."라며 바지 주름을 빳빳하게 다림질했다. 내가 문학을 가르친다는 사실은 어머니께 제일가는 자랑이었다. 누가 뭐라 해도 나는 심 작가의 하나뿐인 아들이었으니까.

그래서 나는 전날 술을 궤짝으로 마시고 푸석한 양장을 하고 오는 선생들과는 달리 늘 말끔한 차림새로 출근했다. 아버지를 닮아 제법 미남자라는 소리도 종종 들었다. 한 번 사귀어보지 않겠냐는 여성들의 추파도 있었다. 하지만 내 꼴도, 쟤 꼴도 다 마음에 들지 않았다. 나는 아버지의 아들일 뿐, 아버지는 아니었기 때문이다.

요즘 내가 무너지고 있는 걸 알고는 있을까.

어머니, 어머니….

서른여섯도 끝나가는 11월이었다. 겨울을 싣고 오는 바람이 유난히 매서웠다. 출퇴근길이면 외투의 옷깃을 여기며 올해도 눈이 참 많이 오려나 보다, 라고 생각하였다.

남쪽 지방임에도 불구하고 이 동네는 바다와 인접해 있어 겨울이면 늘 눈이 내렸다. 소금기를 듬뿍 먹은 바닷바람은 짠 내에 취해 언제나 물기를 토해 내었다. 그것이 대륙에서 남하한 차디찬 냉기와 만나면 곧바로 얼어붙어 눈이 되어 쏟아지는 것이다.

나는 어릴 적, 그 눈을 참 좋아하였다. 세상이 온통 하얗게 뒤덮이는 날이면 강아지처럼 깡충대며 설원에 발자국을 찍고 나가 눈사람을 만들곤 했다. 그러나 지금은, 글쎄, 그저 다음날 출근길을 걱정하는, 무미건조한 어른이 되었지만 말이다.

아침이었다. 아마 월요일이었을 게다. 이부자리에서 일어나자마자 머리가 지끈거렸다. 필시 전날 책을 읽으며 홀로 마셨던 홍주가 지나쳤던 탓일 테지. 쥐스킨트(Patrick Suskind)의 《좀머 씨 이야기》 마지막 장을 덮으며 나 역시 학교 복도 한복판에서 외치고 싶은 '날 좀 내버려둬!'라는 일갈을 알코올과 함께 들이켰던 지난밤.

하지만 오늘은 1교시도 있기에 서둘러야 했다. 누군가 망치로 이마를 부서질 듯 내리치는 느낌이었지만 자동차의 시동을 걸었다. 학교까지는 10분, 두통 때문인지 시야가 겹쳐서 앞이 잘 보이지 않았다. 그래도 꾸물댈 수 없었다.

대강 차를 주차장에 세운 나는 비틀거리는 몸으로 교무실 자리에서 책을 주섬주섬 챙겨 교실로 향했다.

"심 선생, 괜찮아?"

동료들의 걱정 어린 목소리가 들렸다.

"네, 괜찮습니다."

분명히 이렇게 대답하려 했지만, 숙취 때문인지 어째 혀가 꼬였다.

그날 수업할 작품은 지긋지긋하게도 아버지의 소설 《세상의 끝》이었다. 학생들의 눈은 일제히 나를 향해 있었다. 나는 칠판에 제목을 한 자 한 자 쓰기 시작했다. 그러나 '세-상'조차 다 쓰지 못하고 그대로 허물어지고 말았다.

"선생님!"

"꺅!"

곳곳에서 쓰러진 나를 보고 질러대는 비명이 들렸다.

감기는 눈꺼풀 사이로 한 남자의 실루엣이 희미하게 아른댔다. 그는 교과서 《세상의 끝》 삽화에 그려진 주인공이었다. 검은색 정장에 푸른빛 감도는 타이, 비스듬한 중절모를 쓴… 죽음을 동경하던, 그 매혹적인 남자 말이다.

"뇌경색입니다. 쉽게 말해 혈전이 뇌혈관을 막은 거죠. 그래서 뇌가 상당 시간 혈액 공급이 차단되었던 탓에 많은 부분이 손상되었습니다."

생각보다 죽음이란 생과 가까운 곳에 있었다. 숨지도 않고 시커먼 행색을 드러낸 채 단지 그늘에 웅크리고 있어 우리가 보지 못하고 지나쳤을 뿐이다.

정신을 잃은 나는 그대로 보건실 침대로 옮겨졌다. 보건교사는 신속 정확하게 내 혈압과 체온을 측정한 뒤, 내가 곧 깨어날 것을 의심치 않았다고 한다. 그녀는 내 증상을 아마도 숙취로 인한 현기증 정도라고 여긴 듯하다.

슬프게도 그사이 내 뇌를 살릴 수 있는 골든타임은 훌쩍 지나버렸다. 뇌경색의 예후는 4시간 이내의 초기 대응이 중요한데 의학적 전문 지식으로만 진단할 수 있는 바를 의료인이 아닌 교사에게 요구하는 것 자체가 애초에 무리였다. 덕분에 나의 병원 이송은 한참 늦어졌고, 이 환자는 살릴 가망이 없다는 의료 관계자들과의 실랑이로 병원을 세 번이나 전원하는 사태가 또 벌어졌다.

결말은 마지막 병원에서 내 막혀있던 혈관을 뚫어주었다는 감사하기 그지없는 엔딩이었다. 하지만 나는 뇌의 상당 부분이 제 기능을 잃은 돌덩어리로 전락해 버려 한순간에 장애인이 되고 말았다.

고장 난 건 고작 뇌의 일부일 뿐인데 덩달아 신체의 많은 부분이 삐걱댔다. 마비로 부자연스러워진 걸음걸이, 세밀한 동작을 하기 어려워진 손, 흐리멍덩해진 기억력…. 그런데도 건강보험공단에서 발급한 복지 카드에 새겨진 장애의 명칭은 오직 '언어장애'뿐이었다. 이것은 불행인 걸까, 아니면 다행인 걸까? 아마도 뇌경색의 후유증이 가장 크게 남은 영역이 그것이어서겠지만 말이다. 언.어.장.애. 여하튼 그 네 음절의 단어는 나를 불가역적으로 언어가 사라진 세계에 가두어 버렸다.

"말을 할 수 없다는 게… 저… 글도 쓸 수 없다는 건가요?"

"유감스럽지만 그렇습니다. 음성언어와 문자언어 모두 소실됐다는 말씀입니다. 재활 치료를 한다 해도 예전과 같은 온전한 언어능력으로 복귀하기는 어렵습니다."

"안 돼요, 안 된다고요! 우리 아들은… 국어 교산데… 평생 말하고 글 쓰며 살아왔다고요…!"

의사에게 예견되는 나의 미래를 듣게 된 어머니. 지금까지의 인생은 내 안의 입말, 글말과 함께 신기루처럼 사라질 것이란 예고에 그녀는 가녀린 몸을 부들부들 떨다가 그만 실신하고 말았다. 그리고 그런 어머니를 바라보며 나 역시 어린아이처럼 엉엉 울음을 터뜨렸다.

고작 마흔도 되지 않은 내가 장애인이라니, '날 좀 내버려둬!'라고 삼켰던 그 일갈이 나를 영영 혼자만의 극지에 가두고 말 줄이야.

이런 결과를 바랐던 것은 아니었다.

그러자 다시 나타난 그때 그 남자가 나를 한껏 비웃으며
물었다.

"그럼 뭘 바란 건데?! 네가 원하는 대로 해준 것뿐이야."

나는 그를 본 순간, 그만 까무러치고 말았다.

시간에 쫓기는 병이었다, 뇌경색은. 치료에도, 재활에도
골든타임이 존재했다. 3개월 안에 온 힘을 쏟아부어 언어
능력을 최대한 끌어올릴 것. 내게 주어진 새로운 미션이었
다. 겨우 회복한 몸으로 혹독한 재활까지 해야 한다니 잔인
하기 이를 데 없었다.

나는 매일 언어치료센터에 갔다. 그곳에서 '가나다라…'
부터 다시 발음하기를 연습했다. 마치 어린아이가 말을 배
우듯, 명색이 국어 교사였던 내가 말이다. 그런데도 쉽지
않았다. 뇌의 다른 영역이 손상된 뇌의 기능을 대신할 것이
라는 마법은 내게는 일어나지 않았다. 더듬더듬 간신히 한
두 마디를 내뱉는 정도가 그나마 이룩한 성과였다.

의사의 예언이 맞았다. 과거와 같은 의사소통 능력을 되
찾기란 언어치료사가 불어넣은 헛된 꿈에 불과했다. 마치

내가 과거에 학생들을 붙잡고 '대학만 가면 뭐든 할 수 있어!'라고 거짓말을 했듯이….

어느새 찾아온 겨울, 결국 마음에도 감기가 들었다. 쉽게 울고, 쉽게 화를 내고, 쉽게 좌절하는, 만신창이가 된 나를 어머니는 정신과 의사에게 끌고 갔다. 정신과가 언어치료 센터가 있는 건물, 5층에 자리 잡고 있어서 다행이었다. 센터에 가자는 말이 아니었다면 순순히 끌려가지 않았을 테니까.

처음 병원 문턱을 넘었을 때 나는 이제 미치광이 취급까지 할 거냐며, 온몸으로 어머니께 노발대발했다. 대기실에서 뜻도 없는 고성을 질러대는 나를 의사는 진료실로 불러 능숙하게 진정시켰다. 그녀는 고학력자일수록 뇌경색으로 인해 달라진 모습을 받아들이기 어려울 거라며, 나에게 한 움큼 약을 처방했다. 그 의사의 살뜰한 어루만짐과 무한한 공감이 아니었다면 나는 분명 그 병원을 기어서라도 뛰쳐나오고 말았으리라.

아무튼 그 약을 먹은 덕에 나는 한결 온순해졌고, 어머니는 한시름 놓게 되었다. 이로써 내겐 언어장애뿐만 아니라 감정 장애도 생긴 것이 확실해진 셈이다. 그래서 나는 매일 밤 잠들기 전, 장애인이 된 나를 향해 속으로 소리쳤다.

'미친놈!'

이렇게 안팎으로 완벽한 장애인이 된 나를 남기고, 어머
니가 훌쩍 세상을 떠났다. 언제나 나보다 더 나를 애달파
하던 이였다. 아버지, 그리고 그 뒤를 이어 나, 심 씨의 피
가 흐르는 두 남자를 사랑했던 내 어머니.

어머니는 우리 부자를 누구보다 잘 이해하는 사람이었
다. 구태여 아버지의 글을 읽지 않았음에도 자신을 겨냥한
그의 혐오를 알아차린 그녀였다. 내가 언어를 잃어버린 후
에는 눈동자의 움직임만으로도 내 마음을 읽었다. 글말이
건 입말이건, 그녀보다 더 섬세한 눈과 귀로 세상을 읽어내
는 이는 아마 또 없으리라.

그러나 통각만큼은 지독히도 무딘 그녀였다. 아니, 무뎌
야만 했다. 그녀는 아내이자 어머니가 된 이후로 너무 많은
짐들을 짊어지고 살아야 했으니…. 지금껏 어떻게 견뎠는
지 신기할 지경이라는 통증, 그에 못 이겨 찾아간 병원에서
발견된 몹쓸 것은 어머니가 나를 품었던 자궁 가득히 침범
한 종괴였다. 의사는 어찌 손 쓸 방도조차 없다고 했다.

암흑밖에 남지 않은 미래에 대한 진단을 들으면서도 어
머니는 눈 하나 깜박하지 않았다. 오히려 홀가분해 보이기

까지 했던 건 나의 착각이었을까? 어머니는 그날부터 장작더미의 불이 사그라드는 날까지 부지런히 집 안을 정리했다. 그리고 곳곳마다 살림살이에 대한 메모를 붙이며 신변을 정리했다.

그때마다 어머니 없이 살아갈 미래가 도무지 그려지지 않는 나의 절망은 말로 표현할 수조차 없었다. 때때로 발작을 일으키듯 어린아이처럼 마루에 드러누워, "엄마, 죽지 마! 죽으면 안 돼!" 소리치는 나를 더 이상 어머니는 달래주지 않았다. 그저 물끄러미 바라만 볼 뿐.

몇 주 지나지 않아 어머니의 상태는 급격히 나빠졌고, 중환자실로 옮겨졌다. 그리고 이틀 뒤 눈을 감았다. 암을 진단받고 두 달도 채 되지 않았을 때였다. 어머니가 마지막으로 남긴 말은 다름 아닌 내 이름이었다.

"해준아…."

어머니가 나를 불러 귀엣말로 하고 싶었던 이야기는 무엇이었을까. 듣고 싶어도 이제는 들을 수 없는, 그 이야기. 내가 얼마나 어머니를 사랑하는지 전하고 싶어도 고작 몇마디 단어를 더듬거리며 내뱉는 것밖에는 할 수 없는 지금, 세상에서 나와 유일하게 눈빛만으로 소통할 수 있는 이가 사라지고 말았으니!

내가 사랑한 단 한 명의 여자, 어머니…. 나는 어머니의 시신을 앞에 두고도 차마 눈물 한 방울 흘리지 못했다. 마치 의사에게 죽음이 찾아올 것이란 선고를 받고도 낯빛 하나 바뀌지 않았던 어머니처럼.

장례가 끝난 후 나의 생활 반경은 극도로 좁아졌다. 아니, 반경이랄 게 없었다. 이부자리에서 아예 일어나질 않았으니 말이다. 용변조차 보러 가길 잊어서 지린내가 진동하는 그 속에서 나는 늘 꿈만 꾸며 살았다.

운이 좋으면 어머니를 만날 수 있었다. 나의 기억 그대로 어머니는 생전의 어진 모습 그대로 환영이 되어 나를 찾아왔다.

"해준아!"

그리고 그날의 마지막 모습처럼 내 이름을 정답게 부르는 것이었다. 하지만 아무리 대답하려 해도 목소리가 나오지 않았다. 아무래도 그것은 내가 언어장애인이어서 그런 듯했다. 꿈에서도 장애를 안고 사는 몸뚱이라니! 서러운 마음에 나는 눈물만 줄줄 흘렸다. 그래서 하루하루 이대로 살다가 저절로 죽어버리기만을 바랐다.

시간이 얼마나 흘렀는지 모르겠다. 하루하루 아득하고

깊은 물웅덩이 속에 잠겨있는 느낌이었다. 죽었는지 살았는지, 꿈인지 생시인지도 모른 채 그렇게 그냥 있는 '나'일 뿐.

그런데 갑자기 파문과 함께 찾아온 폭력적인 소음.

쾅!

쾅!

쾅쾅!

누군가가 나를 향해 돌을 집어 던지는 건가?! 굳게 닫혀 있던 문이 열리는지 삐걱대는 소리가 들렸다. 이어서 몇 개의 손아귀들이 내 몸뚱이를 쥐더니 마구 흔들었다.

"심해준 씨, 심해준 씨!"

"아직 살아있어!"

"빨리 구급차로!"

순간, 까마득해지는 의식 속에 들것에 나를 실어 옮기는 분주한 발소리가 메아리처럼 허무히 날아들었다. 나는 그렇게 죽을 자리를 잃었다.

꼬박 4주를 병원에 처박혔던 나는 퇴원하자마자 시설로 옮겨졌다. 나처럼 의지할 데 없는 장애인들이 모여 지내는 '성 힐라리오의 집'이었다. 구청 직원은 집으로는 돌아갈 수 없다고 말했다. 나의 신체적, 정신적 상태뿐만 아니라 가장 중요한 경제적 상황을 고려할 때 그 집은 나에게 분수에 넘친다는 사실을 아주 상냥한 목소리로 각종 법률적 근거를 들어가며 설명했다. 어차피 반박할 능력이 없는 나였다. 그렇게 일생을 보낸 집조차 잃었다.

성 힐라리오의 집을 학교로 친다면 아마도 나는 문제아가 분명했다. 그곳의 선생님 ─ 근무하시는 모든 분을 다 '선생님'이라 불렀다 ─ 과 수녀님, 신부님까지 하루에 서너 번씩 내 방을 들여다보셨으니 말이다.

그들은 말없이 누워만 지내는 내가 영 못마땅한 듯싶었다. 아침 일곱 시 반이 되면 어김없이 나를 깨우는 바쁜 손놀림, 식사를 마다하면 업어서까지 식당 의자에 앉히길 예사. 오후에는 휠체어에 태워 마당을 돌아다니질 않나, 저녁이면 봉사자라는 이가 와서 씻기고는 책까지 읽어주니, 원. 상념에 사로잡힐 틈이 없는 하루였다.

덕분에 처음에는 꿈도 꾸지 못했다. 더 이상 나타나지 않는 어머니를 떠올리며 나를 이곳에 처넣은 모든 이들을 저주할 뿐, 이젠 돌아갈 수 없는 노란 담벼락 집에서 살던 날이 그립기만 했다.

그러나 조금씩, 아주 조금씩 숨죽일 배추에 깃드는 소금기처럼 나 역시 이곳에 스며드는 것은…. 언제부턴가 나는 완전하진 않지만 성 힐라리오의 집을 홀로 거닐 수 있게 됐다. 호젓한 산 중턱에 자리한 그곳은 무성한 나무 사이에 산책로가 잘 조성되어 있었다. 나는 매일 그 길을 힘겹게 걸으며 삶에 대해 생각했다. 단어 몇 개로 더듬더듬 쌓아 올린 세계에 남겨진 자신의 외로움을 이제 받아들여야 한다고.

가을꽃인 양 곱게 물든 나뭇잎들이 하나둘씩 나뭇가지의 손을 놓으려 할 무렵, 점심 식사를 마친 노곤한 오후, 나는 앞마당 벤치에 앉아 햇볕을 쬐고 있었다.

그때 공을 든 한 무리가 까르르 웃음소리와 함께 몰려들었다. 모두 지체장애가 있는 녀석들이었다. 그중에는 휠체어를 몰고 온 대담한 놈도 있었다. 녀석들은 성치 않은 움직임으로도 신나게 공을 가지고 놀았다. 자빠져서 무릎이며 팔꿈치에 피가 나는 녀석도 몇 있었지만 모두 신바람이 나는지 뭐라고 소리를 질러대며 놀이에 열심이었다.

녀석들이 공 하나를 골인시키고 촐싹대는 모습을 보자니 문득 눈물이 핑 돌았다. 인생이라는 시험의 정답이 이렇게나 쉬운 것이었다니, 내가 그동안 수없이 침잠했던 건 대체 무엇을 찾기 위해서였을까…?! 그저 나도 저리 웃으며 살고 싶구나, 하는 소망이 간절했다.

느닷없이 얼굴을 감싸고 엉엉 우는 성인 남성의 기괴한 모습. 나로 인해 급기야 경기는 중단되고 말았다. 아이들은 하나둘씩 몰려와 기웃거리며 허리를 수그린 채 껄껄대는 내게 물었다.

"아저씨, 괜찮으세요?"

나는 간신히 속에서부터 치밀어오르는 울음을 억누르며 언제 마지막으로 떼었는지도 모를 입술을 딸싹거리며, 서투른 한마디를 토해 냈다.

"괘, 괜… 찮… 다."

시설에서 운영하는 여러 자립 프로그램 중에서 나는 '비누 만들기 수업'을 선택했다. 말하지 않고도 선생님의 지시대로 손만 따라가면 되기에, 언어장애를 가진 나에게 안성맞춤이 아니던가.

물론 거창한 수공예 사업으로 장애를 극복하고 성공해 보겠다는 야무진 포부가 있어 수업을 듣는 건 아니었다. 어릴 적부터 그럴 배짱은 없었다. 나는 다만 행복을 찾고 싶었다. 녀석들이 즐겁게 주고받던 공처럼, 나에게도 도파민 분비를 촉진할 자극이 필요했다.

선택은 성공적이었다. 창조, 그것도 단순한 노동에 기반한 작업은 생각보다 훨씬 재미나는 일이었다. 완전히 루틴에 익숙해져 재빨라진 손놀림이 어찌 자랑스럽지 않을 수 있을까! 그뿐만 아니라 사부작사부작, 손을 놀리고 있노라면 그 끝에서 참신한 모양과 간질간질한 향기가 마구 떠올랐다. 드디어 죽어버린 뇌 대신 손이 그 기능을 대신하기 시작한 것이다. 누군가 손을 제2의 뇌라고 말했다지. 그뿐인가. 완성된 물건에 물을 묻혀 거품을 부풀리면 한없이 자신을 바닥까지 끌어내리던 잡념 또한 모조리 씻어낼 수 있는 것을….

비누야말로 인류 최고의 발명품이다. 나는 그렇게 믿어 의심치 않았다. 그래서 비누에 열중했다. 전등 비누, 자동차 비누, 양변기 비누, 라디오 비누, 새빨간 비누, 무지갯빛 비누, 방울 무늬 비누, 격자무늬 비누…. 떠오르는 모든 생각을 비누로 만들었다.

늘 옷을 짓고 다림질하시던 어머니의 손재주를 물려받은 덕분인지 내 비누는 내가 봐도 제법 그럴듯했다. 덕분에 장애인 나눔 가게에서 독보적인 인기 상품으로 자리매김한 지 두 달 만에 입소문을 타고 방송에까지 등장했다.

우스운 소식을 하나 더하자면, 내 비누가 어느 순간 '상품'이 아닌 '작품'으로 뒤바뀌어버렸다는 것. 뜬소리 좋아하는 현대 미술 애호가들은 내 비누에 대해 '일상용품을 예술로 전환하는 통로'랍시고 떠들어대기 시작하더니, 급기야 나를 대문호였던 아버지의 뒤를 잇는 현대 미술의 거장이라 추켜세웠다. 아버지의 자살과 더불어 나의 장애까지도 그들에게는 작품을 치장하는 액세서리에 불과했다. 덕분에 내 비누는 부르는 게 값일 정도로 가격이 치솟았고, 나의 의사와는 무관하게 개인전까지 열렸다. 그것이 현대 미술의 발전을 위한 작가의 미덕이라나.

'비누로 말하는 무언(無言)의 작가, 심해준'

개인전에 대한 찬사로 도배한 신문 기사의 타이틀이었다. 무언(無言)의 작가, 무언(無言)의 작가…. 어느 날 하늘에서 뚝 떨어진 내 천형이 이렇게나 근사하게 치장될 수 있는 거였다니, 나는 어이가 없어서 방 안에서 오후 내내 배를 쥐고 웃었다.

이런 나와 달리 성 힐라리오의 집 식구들은 모두 유명해진 나를 자랑스러워했다. 좁쌀 한 톨만큼의 시기나 질투도 없었다. 특히 나를 울렸던 그 녀석들은 뉴스 인터뷰를 본 후로 — 기자의 질문에 '네'로만 답했는데 말이다. — 우르르 몰려와 아저씨가 세상에서 가장 멋지다고 아우성치며, 이제는 '울보 아저씨'가 아니라 '비누 아저씨'로 부르겠다고 야무진 목소리로 말했다. 평소 남들이 떠드는 말들은 대단치 않다고 여겼지만, 그때만큼은 새삼 비누 만들기를 잘했단 생각이 드는 건…. 그래서 고 귀여운 녀석들에게 동글동글 축구공 모양 비누를 하나씩 쥐여주었다.

안개 자욱한 아침이었다. 비도 아니고 눈도 아닌, 그 희뿌연 결정들을 나는 증오했다. 시원스럽게 쏟아지지 않고 허공에 머무르며 시야를 차단하는 그 절망의 덩어리가 늘 원망스러웠다. 고작 그까짓 것을 환상적인 메타포랍시고 글에 싸질러 어머니를 욕보인 아버지도, 그에 열광하는 멍청한 대중들도 끔찍했다.

아버지.
지난밤 꿈에서 내 목숨을 거두려 찾아왔던 사자(使者).

나란 존재를 만들고는 일평생 나락에 떨어뜨리고, 간신히 찾은 평화를 또다시 빼앗으려 하는 그에게 대체 부성애란 감정이 존재는 하는 건지…. 사랑하지 않은 여자에게서 본 씨앗에게는 이렇게나 잔인해질 수 있는 당신은 진정 사자(使者)가 맞소이다. 여전히 탐욕스럽게 나를 조여오는 안개에 나는 또 한 번 허물어질 듯했다. 머리가 지끈거려 두 눈을 질끈 감았다.

"비누 아저씨, 괜찮아요?"

녀석이 내 오른손을 살며시 잡았다. 뒤뜰 반대편에서 아찔해 보이는 내 모습에 뒤뚱대며 달려온 모양이 분명했다.

순간, 나는 주일 저녁에 만든 무지개 비누가 생각났다. 부리나케 작업실에 올라가 서랍을 뒤졌다. 그리고 비누며 그릇이며 빨대를 손에 잡히는 대로 들고 다시 밖으로 나왔다.

비누에 물을 묻히면 몽글몽글한 거품이 난다. 나는 오목한 그릇에 가득 물을 담고 무지개 비누를 씻어 고운 비눗물을 넘치도록 만들었다. 그리고 빨대를 입에 물고 하늘을 향해 힘껏 비눗방울을 불기 시작했다.

"와아, 비눗방울이다!"

멍청이처럼 희멀건 하늘에 투명한 비눗방울이 아롱졌다. 녀석들은 덩달아 신이 나는지 자기들도 어느새 비눗물을 한 대접씩 쥐고 하늘 높이 비눗방울을 불어 대고 있었다.

안개의 엷은 틈 사이로 비치는 광선을 그러모아 비눗방울은 너울너울 눈부신 무지개를 만들었다. 그리고 그것들은 자유로운 지우개가 되어 하늘을 점령한 안개를 조금씩 지워 갔다. 자취를 감춘 안개의 뒤를 따라 비눗방울이 투명한 점으로 사라진 자리에 숨어있던 태양이 다시 모습을 드러내었다.

　그렇게 나는 비로소 해방되었다.

작가의 말

처음이기 때문에 원초적이어야 한다고 생각했습니다. 하늘에서 뚝 떨어지는 탄생이란 없는 것처럼 인간이라면 누구나 원죄처럼 품고 있을 부모로부터 입은 상처, 또 그것이 지워지지 않는 문신처럼 뇌리에 박혀 생(生)을 지배하는 양상을 그리고 싶었습니다. 기왕이면 사회의 규율과 속박에서 벗어난 방식으로 말이죠.

그래요, 이건 모두 처음이기 때문이었어요. 저에게는 앞으로도 글을 쓰기 위해서 내면 깊이 자리 잡은 불화를 솎아내고, 위선을 단죄하는 작업이 꼭 필요했거든요. 남들에게는 지겹고 구질구질하게 느껴질 수도 있겠지만.

펜을 처음 든 2024년 7월부터 6개월 동안 썼던 원고들을 관통하는 주제는 그래서 본디 '상흔'이었습니다. 만으로 꼭 마흔. 제 삶에 남아 있는 상흔 중에서 가장 뚜렷하고 커다란 것들만 유심히 살펴서, 그 모양을 바탕으로 떠오르는 이야기를 닥치는 대로 글로 옮긴 결과물이 바로 이 작품입니다.

그래서 무디고 거칠며 서툴기 짝이 없는 이 소설들을 몇 차례나 갈고 다듬어 빛을 볼 수 있도록 도와주신 분들이 바로 사유와공감 관계자분들입니다. 이 페이지를 빌려서나마 출판사 대표님과 편집부 여러분께 깊은 감사의 인사를 전해 봅니다.

아울러 이 소설집을 읽고 공명하신 독자님께—
어떤 말을 전해야 할까, 몇 번이나 썼다 지우기를 반복했습니다.
우리는 각자만의 상흔을 끌어안고 사는 영혼이기에 삶이 이리도 고통스러운 것이겠지요. 지워지지 않는다면, 당신의 상흔이 아름다운 무늬로 거듭날 수 있기를 기도하겠습니다.

2025년 3월
나혜원

해마

발행일 | 2025년 3월 12일 초판 1쇄
지은이 | 나혜원
펴낸이 | 장영훈
펴낸곳 | (주)이츠북스
편집 | 고은경, 김영경
마케팅 | 남선희, 김희경
디자인 | 디자인글앤그림

출판등록 | 2015년 4월 2일 제2021-000111호
주소 | 서울특별시 강서구 화곡로 416, 1715~1720호
대표전화 | 02-6951-4603
팩스 | 02-3143-2743
이메일 | 4un0-pub@naver.com

홈페이지 | www.4un0-pub.co.kr
SNS 주소 | 페이스북 www.facebook.com/saungonggam
　　　　　　 인스타그램 www.instagram.com/saungonggam_pub
　　　　　　 블로그 blog.naver.com/4un0-pub

ISBN | 979-11-94531-05-0 (03810)

사유와공감은 (주)이츠북스의 출판 브랜드입니다.

사유와공감은 독자 여러분의 책에 관한 아이디어와 원고 투고를 기쁜 마음으로 기다리고 있습니다. 책 출간 아이디어가 있으신 분은 이메일 **4un0-pub@naver.com** 또는 사유와 공감 홈페이지 '작품 투고'란으로 간단한 개요와 취지, 연락처 등을 보내 주세요. 여러분을 언제나 응원합니다. ☺